世界三大短篇小说集

契诃夫
短篇小说选

Selected stories of Chekhov

［俄罗斯］契诃夫 著　博雅 译注

哈尔滨出版社
HARBIN PUBLISHING HOUSE

图书在版编目 (CIP) 数据

契诃夫短篇小说选 /(俄罗斯) 契诃夫著 ; 博雅译注 . -- 哈尔滨 : 哈尔滨出版社 , 2025. 1. -- (世界三大短篇小说集). -- ISBN 978-7-5484-8203-1

Ⅰ . I512.44

中国国家版本馆 CIP 数据核字第 2024M56U00 号

书　　名：**契诃夫短篇小说选**
QIHEFU DUANPIAN XIAOSHUO XUAN

作　　者：[俄罗斯] 契诃夫　著
译　　者：博　雅　译注
责任编辑：李维娜
封面设计：仙　境
内文排版：张艳中

出版发行：哈尔滨出版社（Harbin Publishing House）
社　　址：哈尔滨市香坊区泰山路 82-9 号　　邮编：150090
经　　销：全国新华书店
印　　刷：三河市刚利印务有限公司
网　　址：www.hrbcbs.com
E-mail：hrbcbs@yeah.net
编辑版权热线：（0451）87900271　87900272
销售热线：（0451）87900202　87900203

开　　本：880mm×1230mm　1/32　　印张：19　　字数：440 千字
版　　次：2025 年 1 月第 1 版
印　　次：2025 年 1 月第 1 次印刷
书　　号：ISBN 978-7-5484-8203-1
定　　价：118.00 元（全 3 册）

凡购本社图书发现印装错误，请与本社印制部联系调换。
服务热线：（0451）87900279

目录
Contents

罗西尔的提琴 // 001

带小狗的女人 // 014

套中人 // 038

变色龙 // 056

姓马什么 // 062

个人修养 // 069

未婚夫与好父亲 // 078

小官员之死 // 086

在故乡 // 091

姚内奇 // 107

公差 // 133

主教 // 154

渴睡 // 176

附录 契诃夫大事年表 // 185

罗西尔的提琴

一名棺材匠与自己的妻子共同生活了五十二年,妻子因病去世之后,棺材匠开始反思自己,他发现自己竟然从来没有好好疼爱过妻子。不要等到失去,才懂得珍惜。

小镇很小，还比不上一个村子大。小镇的居民大部分都是老头儿，但是这些老头儿却非常长寿，这真是一件令人沮丧的事儿。就算是监狱和医院，也很少有用得着棺材的时候。简而言之，棺材铺的生意简直糟糕极了。棺材匠雅科夫·伊凡诺夫若是在省城中开铺子，现在肯定已经买了房子。人人见到他，恐怕都要尊称一声雅科夫·马特威伊奇。只可惜，他待在这个小镇上，人人都直呼他雅科夫。更过分的是，大家还无端端地给他起了个"青铜"的绰号。他的日子过得紧巴巴的，住所就是一幢又小又旧的木屋，和一般的农夫没什么区别。木屋里只有一间房，他与玛尔法，以及所有的家当——双人床、火炉、全部日用品、工作台、几口棺材，将这间房挤得满满当当。

雅科夫制作的棺材质量非常好。他在帮农夫和普通市民制作棺材的时候，一次差错都没有出过。因为他所有的棺材都是依照自己的身材打造的，尽管他已年过七旬，身材却十分强壮威猛，就算是监狱里的犯人也没有一个能比得上他的。在为女士和贵族制造棺材的时候，他都会先用一把铁尺将尺寸量好。他不喜欢帮小孩子做棺材，每次有这样的顾客找上门时，他都答应得很勉强。在做的过程中，他的工作态度也很差劲，连尺寸都不量，直接便开始做了。收钱时，他还要抱怨一句："这种零散的活计，我真是不愿意接。"

他的工作不只包括做棺材，也包括拉提琴，后者让他赚了不少钱。小镇上每当举办婚礼的时候，总要邀请一支犹太乐队来演奏音乐。乐队的老板是一个名叫莫伊塞·伊利奇·沙河凯斯的镀锡匠，乐队收入的二分之一都进了他的口袋。雅科夫的琴技非常不错，对俄罗斯乐曲尤其擅长。所以，沙河凯斯偶尔也会邀请他加入乐队一起演奏，除了客人给的小费以外，每天支付给他五十戈比的酬劳。每回坐到乐队中间时，"青铜"都会满脸冒汗，面色绯红。周围的空气燥热无比，浓烈的蒜味儿呛得人简直喘不过气。提琴扯着嗓子叫起来，右侧的大提琴声音沙哑低沉，左侧的长笛好似在呜呜痛哭。吹奏长笛的犹太人长了一头棕发，身材瘦削，面孔上密布的血管和青筋组成了一张网。他姓罗西尔，跟那位远近闻名的犹太富豪的姓氏一模一样。不管多么欢快的乐曲，一旦被这个可恶的犹太人演奏出来，都会变得无限哀戚。雅科夫对罗西尔吹毛求疵，恶言相向，甚至直接动手动脚。罗西尔终于被激怒了，怒视着雅科夫说："我一早就想把您从窗户里扔出去了，只是因为敬重您的才华，才没有这样做。"

说完这话，罗西尔便哭起来。"青铜"因此很少收到乐队的邀请，只有一些特殊的时刻除外，比如乐队中的某个成员因故不能到场。

由于时常遭遇严重的经济损失，所以雅科夫的心情一直很糟糕。例如，周一是个不祥的日子，而在周日或是节日工作又是一种罪恶。如此一来，他每年便有两百个日子什么都不能做，只能呆坐着。这给他造成的损失是多么严重啊！如果小镇上有谁家的婚礼不需要乐队，或是他没有收到沙河凯斯的邀请，同样会给他造成损失。有个警察从两年前就得了痨病，病情一直没什么起色，雅科夫巴不得他能早点儿死。后来，这名警察跑到省城去看大夫，结果就在那里死掉了。雅科夫再度遭遇严重的损失。为警察做的棺材肯定便宜不了，并且在棺材表面还要覆上缎子，没有十卢布是拿不下来的。雅科夫每回念及这些损失，都会感觉心烦意乱。夜里的时候，这种情况尤为严重。他总是将自己的提琴摆放在床上触手可及的地方，一旦开始胡思乱想，便伸手拨动琴弦。在暗夜之中听到琴声，会使他微微感到放松。

玛尔法在去年的五月六日突然病倒了。老太太一向呼吸急促，每天喝下大量的水，走起路来身体不断地摆动。那天早上，她像往常一样生火，抬水。黄昏时分，她忽然一病不起。白天的时候，雅科夫一直在拉提琴。天黑下来以后，他便将记录每日损失的账本拿了出来，想总结一下这一年以来总共损失了多少钱，反正这会儿也没其他事可做。算到最后，损失居然超过了一千卢布。他大吃一惊，将算盘扔在地上，并踩了几脚。跟着，他又将算盘拾起来，一面飞快地拨弄算珠，一面唉声叹气，这样折腾了很长时间。他满头大汗，面色通红。他心想，将损失的一千卢布存进银行，每年光是利息，少说也有四十卢布。所以，这四十卢布也要计入损失之中。总之，损失随处可见，除此之外，一无所有。

这时，玛尔法忽然叫道："雅科夫！我快死啦！"

他扭头望着她，只见她满脸涨红，情绪异常兴奋。"青铜"早已习惯了她面色惨白、神色怯懦、悲伤，这会儿见到这样的情景，他不由得满心慌乱——看来她应该很快就要离开人世了。可玛尔法却为此而感到窃喜，她总算要跟这间小木屋，跟这一口口棺材，跟雅科夫告别了……她的嘴巴不停地张合，视线停留在屋顶上，并露出了满脸欣喜的表情，像是见到了死神，正与他喁喁私语。

黎明到来之际，透过窗户即可望见红得像火一般的霞光。雅科夫看着自己的妻子，无端地想到，自己好像从来都没和她亲热过，从来都没给过她宠爱，连一条纱巾都没给她买过，甚至也从来没有从婚宴中带什么好吃的回来给她。他总是朝着她大吼大叫，自己受了损失便对她挥拳相向。尽管他挥出的拳头没有一次真的落到了她身上，但始终都是一种威胁，每每吓得她傻愣愣的。因为日常开支太大，所以他从来不买茶叶，她也就无茶可喝，只能喝水。她现在的表情因何会如此兴奋，如此诡异，他心知肚明，不由得感到惶恐。

天总算大亮了，为了送玛尔法去医院，他从邻居家里借了一匹马。医院里并没有多少病人，只等了大概三个小时就轮到他们了。医师生病了，所以给他们看病的是一个名叫马克辛·尼古拉伊奇的医士，对此，雅科夫感到非常满意。这名医士已经是个老头子了，时常酗酒，还跟人吵架。但是，小镇上的居民普遍认为他比医师的医术要高。

雅科夫带着自己的妻子进入诊疗室，说道："您好！马克辛·尼古拉伊奇，真是不好意思，我们一有什么头疼脑热就要过来给您添麻烦。这不，我们家那位生病了。请不要介意我这个称呼，我的意思就是我们常说的老伴儿……"

医士将花白的眉毛皱起来，一面摸着自己的胡须，一面观察起了老太太。她正佝偻着干瘦的身子，在凳子上坐着。她的鼻子很尖，嘴巴还大张着，侧面看起来就如同渴极了的鸟。

"哦……不错……"医士的语调十分缓慢，并发出了一声叹息，"是流感，或者是伤寒。眼下，镇上的伤寒流传得很厉害。幸好老太太的年纪也不轻了……今年多大岁数了？"

"明年就七十岁了，马克辛·尼古拉伊奇。"

"哎，应该心满意足了，好歹也活到这种岁数了。"

"您说得没错，马克辛·尼古拉伊奇，"雅科夫恭恭敬敬地赔笑道，"谢谢您说的这些好话，但我还是要多一句嘴，每条虫子都想求生。"

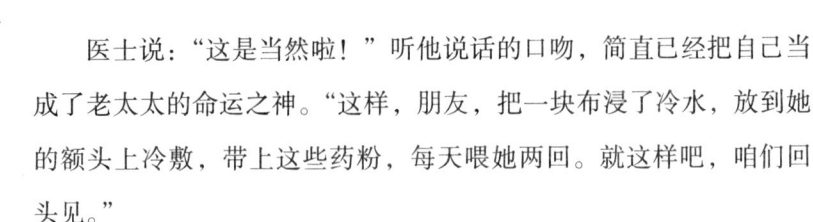

医士说:"这是当然啦!"听他说话的口吻,简直已经把自己当成了老太太的命运之神。"这样,朋友,把一块布浸了冷水,放到她的额头上冷敷,带上这些药粉,每天喂她两回。就这样吧,咱们回头见。"

话虽如此,他的神情却告诉雅科夫大事不好,现在无论吃什么药粉都没用了。雅科夫终于醒悟到,过不了多长时间,玛尔法就要离开人世了,今天或是明天便是她的死期。他在医士的手肘上轻轻碰了一下,眨着眼睛说道:"马克辛·尼古拉伊奇,是不是应该给她放血?"

"朋友,我没时间啊。你还是去向上帝求助吧。好了,带上你老婆回家去吧。咱们回头见。"

雅科夫乞求道:"请您无论如何都要救救她。药水和药粉只适用于肚子疼,或是内脏有了什么毛病,但是她现在得的是伤寒!马克辛·尼古拉伊奇,对伤寒病人首先要做的不就是放血吗?"

这时候,医士已经出声叫等在后面的病人——一名农妇和一个孩子进来了。

他冲着雅科夫蹙眉说道:"别再纠缠了,快回去吧,回去……"

"您要是没空给她放血,那给她用蚂蟥(蚂蟥:一种吸血虫,可用来为病人清除脓血)吸血行不行?请您看在上帝的面子上发发慈悲吧!"

医士气冲冲地嚷道:"你这蠢猪,哪来这么多废话!"

雅科夫也非常愤怒,脸都气红了,但是他却一声不吭地将玛尔法扶起来,带着她从诊疗室离开了。上车以后,他冷眼瞧了瞧医院,语带讥讽道:"这里面全都是这样的家伙!只有遇上有钱的病人才肯给人放血,要是病人没钱,连蚂蟥都没一只。"

到家以后，玛尔法怔怔地扶住炉子，接连十几分钟静立不动。在她看来，自己若是躺到床上去，雅科夫便会提及他那名目繁多的损失，然后嫌她懒惰，就喜欢躺在床上。雅科夫看着她，心里很是烦恼。他暗暗思索着，明天便是圣约翰节，而后天是圣尼古拉节，到了大后天，周日又来了，跟着便是不祥的周一。接下来的这四天都不宜工作，但玛尔法的死期却一定是其中的一天，因此，要为她做棺材就只能选择在今天了。他于是拿着自己的铁尺来到玛尔法身边，为她丈量尺寸。之后，玛尔法便躺了下来。雅科夫在自己的胸口上画了个十字，然后便开始做棺材。

做完棺材以后，他便将眼镜戴上，将这笔账记到了自己的账簿上："给玛尔法·伊凡诺夫娜制作一口棺材，价值两卢布四十戈比。"

他叹息了一声。玛尔法合着双眼躺着，一直没有说话。等到黄昏时分，天色暗下来，她终于冲雅科夫喊了一声。

"雅科夫，你还有印象吗？"她的表情非常愉快，"五十年前，上帝曾经把一个金发宝宝送到我们家来，这件事你还有印象吗？那段时间我们经常在河边坐着……在柳树的树荫里……唱着歌儿。"说到这里，她的笑容变得苦涩起来，又说："我们的女儿还很小的时候就死掉了。"

雅科夫使劲儿回忆起来，但他无论如何都回忆不起有关那个宝宝的一切。他只好说："是你自己瞎想出来的。"

神父过来为玛尔法派了圣餐，并施以涂油礼。过了一段时间，玛尔法连话都说不清楚了。她死在天快亮的时候。

邻居家有位老太太帮她擦身，换上衣服。然后，她便被安置进了棺材。赞美诗是雅科夫自己为她唱的，因为他不想花钱去请教堂里的诵经士代劳。由于墓地的看守跟他有亲戚关系，所以连坟墓都是免费的。要把棺材抬到墓地的时候，有四名农夫免费过来帮忙，他们这样做纯粹是出于对雅科夫一家的敬重。有两名修道士和一些老太太，以及流浪汉，在棺材后头一路跟过去。路人们在见到这支送葬队伍时，都谦恭地在胸口画起了十字……丧事完全是按照规矩办的，既没花多少钱，又办得妥妥当当，所有牵涉其中的人都没什么不满，雅科夫对此感到心满意足。当最后告别玛尔法时，他伸手触碰一下那口棺材，暗想："这棺材做得还蛮好！"

然而，离开墓地之后，在回家的路上，他忽然觉得很难过。他口渴难耐，呼吸急促，且双腿无力，身体状况显然不大好。不止如此，他还开始胡思乱想。他再度想到自己从来都没和玛尔法亲热过，从来都没给过她宠爱。他们共同在小房子里生活了漫长的五十二年，最终却得到了这样莫名其妙的结果：在他心目中，她跟一只狗或是猫的地位差不多，他从未顾及过她，从未给过她关怀；但她却一直与他同床共枕，天天生火、烤面包、煮饭、担水、劈柴。不论哪一回，他醉醺醺地赴宴归来，她都会将他的提琴小心地在墙上挂好，然后扶他到床上休息。她默默地做着这一切，在对他关怀备至的同时，又对他充满畏惧。

罗西尔微笑着走向雅科夫，并向他点头示意。

罗西尔说："大叔，我一直在找您呢！莫伊塞·伊利奇叫我问候您一声，让您立即去见他。"

这时候，雅科夫却只想放声大哭，完全没心情理会这些。他说："滚一边儿去！"说完便继续前行。

罗西尔急忙跑上去，挡在他前面，说道："这可不成！莫伊塞·伊利奇盼咐您赶紧过去见他，要不然他会发火的！"

这个犹太人的面孔上布满了斑点，呈现出一片暗红色。这会儿，他一面喘着粗气，一面不停地眨着眼睛。雅科夫一见到他这副模样，便忍不住满心厌恶。另外，对于他那纤瘦的身材和补了黑补丁的绿外套，雅科夫也非常看不惯。

雅科夫高声喝道："你这个蒜头，干吗老是跟我纠缠！真是无赖！"

犹太人也气愤地高叫起来："您最好不要这么大声，否则我就将您扔到墙那面去！"

"滚开！"雅科夫大叫着朝他挥出了拳头，"你们这帮无赖，还让不让人活了！"

罗西尔吓得慌忙蹲到地上，将双手举过头顶，不断地摇摆起来，仿佛要用这样的方式为自己建立一道屏障，将对方的拳头挡在外头。跟着，他忽然又纵身跃起，拼尽所有力气逃走了。他在逃跑的过程中，不断跳跃着，并用双手在自己狭长干瘦的后背上轻拍着——他的后背很明显地在抖个不停。见他如此，男孩子们都非常兴奋，在他身后一面追一面大叫，狗也狂吠着追上去。有人大笑起来，吹起了口哨，一群狗于是叫得更加狂烈……忽然之间，一声惨叫传来，可能是罗西尔被其中一只狗给咬伤了。

雅科夫到牧场里逛了一会儿，接下来便在郊区漫步。一群男孩儿高叫道："青铜过来啦！青铜过来啦！"他来到河边，只见一群鹬正在一边鸣叫一边飞舞，鸭子们同样在叫个不停。暖烘烘的日光照耀在河面上，泛起一片耀眼的金光，叫人根本不敢直视。雅科夫走在河畔的小道上，忽见一名红脸的胖妇人从澡堂里走出来。他暗想："呀，这女人真像一只水狗！"一群男孩儿正在澡堂附近拿肉饵钓虾，见到雅科夫走过来，便不怀好意地大叫道："青铜！青铜！"一棵老柳树顶着巨大的树冠，坐落在那里，在它的主干上有个大树洞，而在它的枝头上有乌鸦铸造的巢穴……玛尔法提及的那个金发宝宝和那棵柳树忽然在雅科夫的记忆中复活了。呀，这便是她提及的那株柳树啊，这样葱绿，这样幽静……比起以前，它真的老了很多！

雅科夫坐到树下，回忆从前。当年河对面是一片树林，里面长满了桦树，眼下那里已经变成了一片沼泽；当年那座生长着很多青松的山头，眼下已是光秃秃的一片。到处都是平地，仅有一株挺拔秀丽的小桦树，亭亭玉立地立在河对面。当年，还有帆船从这条河上经过，眼下却已找不到半分旧时行船的痕迹，河面上只剩下了鹅和鸭，连鹅的数目似乎也不可与当年同日而语。雅科夫合起眼来，想象着有一大群白鹅接连不断地从河面上游过的情景。

他搞不清楚这里为什么会变得这样糟糕：他已经有四五十年没到过这边了，就算偶尔经过，也没有对这条河格外留意。这不是一条无足轻重的小河，这条河非常大。他能在这条河里捉鱼，卖给那些文官、生意人或是车站小饭馆的老板，卖得的钱便送到银行存起来；他能划着一艘小船到各个庄园中拉琴，从那些尊贵的人那里赚取赏钱；他还能搞搞船运，这种生意可要远远好过棺材生意；当然，他也能养鹅，每年光是卖鹅毛便能赚十卢布之多，等到冬天的时候就杀掉那些鹅，然后送去莫斯科。这么好的机会，他居然任其溜走了，这损失简直太大了！哎呀，简直太大了！要是能将所有事都付诸行动，捉鱼、拉琴、船运、养鹅，一项不落，收入该多么惊人啊！可他竟然从未考虑过这些，就这样白白地度过了这么多年，无论是精神还是物质，全都成了一场空。过去已经无可挽回，未来也是一片荒芜，各种各样的损失惨痛得让人绝望。人为何不能拼尽全力，将所有损失消灭掉？为何要砍掉那些松树和桦树？为何要荒废掉牧场？为何要去做那些不恰当的事？为何雅科夫总是不停地发火骂人，甚至跟人暴力相向，对自己的老婆百般欺侮，几十年如一日，不知悔改？为何他刚刚要恐吓并欺辱那名犹太人？为何人一定要给彼此制造麻烦？这种行为带来的损失简直不可估量！不可估量啊！如果能消除彼此之间的怨怼，对任何人而言，都是非常有益的。

雅科夫神志不清，那个金发宝宝，那片柳树林，那些鱼，那群鹅，玛尔法那仿佛饥渴难耐的鸟一般的侧面，以及面色惨白的罗西尔，不断地在他眼前浮现。从黄昏开始就是如此，直到天黑下来。四下里有无数张脸围拢到他身边，用低沉的声音将那些损失一一列举出来。一整夜雅科夫都辗转难眠，总共起床四五次，每次都会拉琴。

第二天早上，他挣扎着从床上爬起来，去医院看大夫。这一回当值的还是马克辛·尼古拉伊奇，他为雅科夫开了药粉，并要求雅科夫用冷水浸泡一块布，再搁到自己的额头上。看医士的面色与口吻，情况显然不理想。雅科夫明白，自己不管再吃哪一种药粉都是徒劳。他一面往回走一面想道：一死百了，往后再也不用吃饭喝水，再也不用担心会惹怒什么人，也再也不用交税了。更何况到了墓地里，一睡就是成百上千年，算起来实在大有收益。人在活着的时候总是遭遇损失，死后反而获益良多。这样想虽然没什么错误，却叫人不由得悲愤交加：每个人都只能活一次，但这唯一的一次却不会给人任何收益，人们只能无奈地虚度一生，天下怎么会有如此不合情理的规矩呢？

就算是死了，也并不可惜。然而，到家以后，看到自己的提琴，雅科夫忽然不甘心就这样死了，他觉得非常心痛。自己若是死了，提琴就会变成孤孤单单的一个，下场跟那些松树与桦树没什么两样，可恨自己不能带上提琴一块儿死掉。世间所有的东西一直在被虚耗，无论是过去，现在，还是将来！雅科夫走出小木屋，抱着提琴坐在门外。他拉着琴，回想着自己虚耗的人生，被损失充斥得满满当当的人生。他并不清楚自己现在拉的曲子叫什么名字，但这并不妨碍他的琴声凄凉，撼动人心。他的泪水从脸上滚落下来。他不停地深入思考着，琴声越来越凄凉婉转。

忽然，有响声从大门的门闩那边传过来，随后罗西尔便出现在了他家大门口。罗西尔鼓足勇气穿过了院落的二分之一，见到了雅科夫。他的脚步一下子停住了，可能是因为心中畏怯，连脖子都缩了起来。他伸出手来做着各种手势，看起来仿佛在比画此刻的钟点。

雅科夫冲他招手，用一种亲切的口吻说道："别怕，过来吧，过来！"

罗西尔畏怯地望着雅科夫，满心疑惑。不过，他还是顺从地走了过去，最终停留在距离雅科夫一俄丈处。

他一面下蹲一面说道："请您发发善心，不要再揍我了！这回又是莫伊塞·伊利奇吩咐我过来的。他跟我说，别害怕，去找雅科夫，告诉他这回他一定要过来。周三的时候有一场婚礼……没错！沙伯瓦罗夫老爷的女儿要出嫁了，他那女婿很不错。婚礼当然很隆重了，嘻嘻！"说话间，犹太人将一只眼睛眯了起来。

雅科夫喘着粗气说道："我去不了……小兄弟，我生病啦。"

他继续拉琴，泪珠滴到了琴身上。罗西尔以侧面冲向他，凝神细听，并交叠着双臂抱在胸前。渐渐地，罗西尔脸上那种疑惑而胆怯的神情消失了，取而代之的是满脸的凄苦。他似乎感受到了一种极致的欢喜，眼珠子滴溜溜地转动着，并叫道："啊呀！……"泪水缓慢地爬过他的面庞，落到他的绿外套上。

接下来的整整一天，雅科夫都苦闷地在床上躺着。黄昏时分，神父过来听他向自己忏悔。神父询问他是否记得自己曾犯下哪种特殊罪行。虽然雅科夫的记性很糟糕，但他还是努力回想起了玛尔法那张悲苦的脸，以及那个犹太人被狗咬了之后发出的惨叫声。于是，他小声说道："请代我将这把琴送给罗西尔。"

神父答道："好的。"

现在，小镇上的居民纷纷质疑起来：这样好的一把琴，罗西尔是从什么地方搞来的？是他买的，是他偷的，还是别人抵押给他的？他一门心思拉着提琴，早就把长笛丢到了一旁。如他先前演奏长笛时一样，他的提琴声同样蕴含着无限哀戚。当他拼尽全力想要拉出当日雅科夫在大门口演奏的那支曲子时，他的琴声便会哀戚到一种极限，闻者无不掉下泪来。拉到后来，他的眼珠子便会滴溜溜地转动起来，口中"啊啊"大叫着。这支曲子饱受人们的欢迎，他自己也成了抢手的乐师。文官和生意人竞相邀请他到自己家演奏，每一回他都得将这支曲子演奏十遍。

带小狗的女人

一位花花公子爱上了前来度假的女人,最初他不过是想随便玩玩而已,但最后他发现自己不能自拔。

一

雅尔塔的居民正在相互传递一个消息：最近有陌生人出现在海堤上，是一位牵着小狗的女士。德米特雷·德米特雷奇·古洛夫来到这儿已经有两周时间，他对城里的任何一个地方都已非常熟悉，和本地居民一样，他对那位陌生的女士产生了好奇心。一次，他正待在韦尔奈的商店亭里，正巧看到那位女士出现在海堤上，她看上去很年轻，身材不算高挑，有一头美丽的金发，头上戴着质地柔软的圆帽。在她身后，一只白色的狮子狗正在奔跑。

又一次，他看到这个女人出现在城里的街心公园，确切地说是一天有很多次都能看到她，她照例是那一身打扮，戴着帽子，身后跟着小白狗。没有人知道她从哪儿来，到这里做什么，人们只是简单地称呼她为"带小狗的女人"。

古洛夫在心里暗暗想着："不知她是一个人，还是有丈夫或者其他认识的人陪伴，要是她孤身一人的话，去和她说说话也不错。"

别看古洛夫已经有了孩子，两个正在读中学的儿子和一个十二岁的女儿，其实他还很年轻，四十岁都不到。他结婚时还是一个大二的学生，妻子比他大几岁，现在看来妻子的年龄简直可以当他的妈妈了。她是一个身材高大的女人，有着男人的粗眉和直白的个性，在她看来，自己是一个严肃、正统、有学识的女人。她确实读过不少书，因此她的信中从不会出现"ъ"，那是一种硬音符号，丈夫的名字德米特雷也被她改为吉米特力。但在古洛夫眼中，妻子只是一个不解风情、一知半解、对任何事情都斤斤计较的愚蠢女人，他一方面鄙夷她，一方面又害怕她，因而古洛夫时常待在外面不回家。他在外面和不少女人厮混，这已经有很长一段时间了，也许是妻子给他的印象太坏，或者是他把女人都看得太坏，每当谈论女人的话题时，他出口便是脏话，叫骂声不断。只要有人和他说起女人，他就毫不犹豫地骂出声：

"低劣的人！"

女人已经给他带来太多麻烦，他觉得自己有资格谩骂她们。可笑的是，一个对女人如此憎恨的人，身旁如果没有女人陪伴的话，又会觉得不自在，甚至连日常生活都无法继续。古洛夫讨厌和男人打交道，在他看来，男人之间的相处是无聊、枯燥的，面对他们，他滔滔不绝的话语被噎住了，热情的态度也冷漠下来。但是只要他钻进女人堆里，他便如鱼得水，如何挑起女人的兴趣，如何让她们觉得快活，这些对他来说简直是小菜一碟，哪怕是一言不发和女人们待在一起，他也不会觉得不自在。他的容貌和个性，还有待人接物的态度，散发出一种迷惑女人的气息，让她们不由自主地迎上前。他对自己的这种魅力十分了解，也清楚女人对自己有着说不清道不明的吸引力。

多年的经历在给他带来痛苦的同时，也让他摸索出一套和女人相处的经验：莫斯科的女人，尤其是那种一丝不苟，但性格软弱的女人，她们确实能在相处之初给对方带来不小的欢乐，即使发生一些不愉快的事情，也会很快被幸福取代，但时间长了之后，矛盾就像一只气球，被人不断地朝里面吹气，最终变得越来越大，往日的欢乐统统抛弃，满脑子想的都是要怎么逃离。可是，当他碰见下一个令他兴趣盎然的女人时，之前的教训又会被忘得干干净净。他便一直周而复始地生活着,并以此为乐,十分享受。

又是一天,他坐在公园里吃晚饭,那个陌生的女人牵着小狗出现了。她缓缓地朝他的方向走来,看样子她想坐在男人旁边的那把椅子上休息。古洛夫定定地看着她,她的走路姿态、脸上的表情,以及穿着打扮都显示出她是一位受过良好教育的高贵女士,并且已经有了丈夫,他猜测她是第一次来这儿,一个人来的,那么她在这儿一定过得非常无聊……雅尔塔有不少关于男女之间的流言蜚语,但他并不相信,说不定这些流言都是人们故意编排出来的。他们渴望风流一回,但碍于各种原因无法尝试,只好用语言来慰藉自己。可是眼前这个女人让他不可抑制地产生幻想,看着她近在咫尺的身影,再想想那些流言飞语,于是他妥协了,决定和这个不知姓名、不知来历的女人来一次浪漫的邂逅。

他伸出手挑逗那只白色的狮子狗,小狗果真向他走来,接着他又做出恐吓的动作,小狗站在原地大声吠叫。他继续对小狗做着恐吓的动作。

女人望着他,随即垂下眼睑,羞红着脸颊对他说:

"它很乖,不随便咬人。"

"它吃骨头吗?我想我可以给它一块骨头。"女人点了点头,他的神情和语气变得热切起来:"您住在这里多长时间了?"

"五天。"

"我比你时间长,我来了两周。"

说完两人都不作声,不一会儿,女人开口了:

"时间总是飞快地流逝,偏偏这里没有什么事情能让人感到快乐!"说这话时她并没有注视着他,仿佛是在自言自语。

"在这里觉得无聊，只能说你还没有完全熟悉这个城市。假如一个人始终生活在内陆城市，例如别列夫和日兹德拉，他已经习惯了那里的生活，因此不觉得有什么不妥，但当他来到雅尔塔后，首先就哀叹这里的生活又寂寞又无聊，还有漫天尘土，这种表现只会让人们觉得他来自格林纳达之类的海滨城市。"

他的话让女人露出了笑容，之后两人继续吃饭，各不说话，仿佛前一秒的谈话都是虚无的，不过他们在结束晚饭后又变得熟络起来，像认识多年的朋友那样并肩而走，不时发出愉快的笑声。他们随意聊着各种话题，散漫地走在海堤上，不管前方的路通向哪里，也不管自己的言行是否会引起周围人的误解。他们谈论着海水的奇怪色彩，月亮的光辉让海水呈现出神秘的紫色，让人一看便觉得心里暖洋洋的，还有几条金色的波纹随着海水上下起伏。酷热的天气也成为他们的聊天内容。他们开始自我介绍，古洛夫是莫斯科人，在银行上班，但是他却是学语文出身的；他告诉她，原本自己打算在一个私人开办的歌剧团里当歌手，不过最后放弃了这个念头，另外，他还在莫斯科买了两套房子……女人是彼得堡人，两年前结了婚，便和丈夫住在斯城，这次准备在雅尔塔休憩一个月，丈夫还在上班，但她不知道丈夫任职的具体单位，是省政府，是地方自治局，还是其他机关单位，她为自己的糊涂报以一笑。她说丈夫也提到过想休息一段日子，也许不久便会赶来雅尔塔。她还把自己的名字告诉给古洛夫，安娜·谢尔盖耶夫娜。

回到住处后，古洛夫躺在床上回想之前的谈话，他决定明天再和那个女人见上一面。女人的笑容和害羞的神情一直在他的脑海里翻腾，想起她之前也在贵族女子中学读书，就跟现在他自己的女儿一样。想到她和陌生人交谈时露出的忐忑表情,他认定这是她第一次独自在不熟悉的地方生活,对这个地方的居民来说,她也是一个陌生人,当地居民会施展他们的好奇心,想着法儿打探她的情况。她的眼睛是灰色的,楚楚可怜,还有她纤细的脖颈,让他不由得对她心生一股怜爱。

"反正,她让人有种想保护的冲动。"想到这儿,他开始进入梦乡。

二

他们已经认识了一个星期。一个节日悄悄来临,天气却不利于出行游玩,人们整日觉得闷热、口干,偏偏还刮着大风,稍不注意帽子就会被风吹走。古洛夫往返商店亭好几次,买一些果汁和冰淇淋给安娜·谢尔盖耶芙娜吃。走到哪儿都是炎热的天气,人们对此毫无办法。

黄昏时分,风力终于转小了,古洛夫和安娜照例在海堤上散步,远处有轮船缓缓开来。很多人手捧鲜花站在码头上,似乎有重要的宾客即将来到。这些雅尔塔居民穿着正式的服装,一部分是花枝招展、上了年纪的贵妇人,另一部分则是严肃正统的军官。

直到太阳完全沉入地平线后,轮船才姗姗来迟,碍于之前凶猛的风浪,它不得不降低速度航行,等到它准备靠近岸边停下来时,又因为方位原因耽误了好长一段时间。轮船总算靠岸了,船上的人鱼贯而出,安娜·谢尔盖耶芙娜手举着带柄眼镜,饶有兴趣地看着那些从船上下来的人,仿佛他们之中有她熟悉的人;看了一会儿,她神情兴奋地转过身来和古洛夫说话，可是她说的话让人摸不着头脑，前后不连贯，而且还总问同样的问题，但她自己浑然不觉。人群逐渐散开，忙乱中她的眼镜也丢失了。

风彻底停了下来，码头上聚集的人群也已经全部走掉，只剩古洛夫和安娜·谢尔盖耶芙娜还留在那里，也许他们打算看看轮船上是否仍有人逗留。两人默不作声，安娜·谢尔盖耶芙娜低垂着眼睛，捧着鲜花使劲地嗅着。

"这会儿天气总算变好一些了，"古洛夫开口说道，"待会儿我们去做些什么呢？你喜欢坐在马车上观赏风景吗？要不我们去雇辆马车吧？"

安娜一言不发。

古洛夫用热烈的眼神看着她，冷不丁，他把她拥入怀里，潮湿的海风裹着鲜花的香气扑鼻而来，他狂热地亲吻着她，随即他像做错事的孩子一样慌忙停下来，不安地朝四周望了望：但愿没有人看到我的举动。

他迟疑地说："不如……我们去您的住处吧！"

于是，两个人匆匆离开海堤。

安娜的房间散发出一阵阵香水味，香水是日本出产的，古洛夫有些燥热，他闻着外国香水味，心里想着："生活真是奇妙，总能遇见各种各样的人。"他遇见过不计其数的女人，他至今还记得一些女人的模样和性格，有些温柔善良、开朗活泼的女人曾无怨无悔地爱着他，珍惜他带给她们的快乐时光，即使这些时光并不长久，她们也不计较；而另一些女人虽然表面上对他大献殷勤，其实心里是冷冰冰的，他的妻子就是如此，她们擅长见风使舵，并且精明狡猾，在她们眼里，爱情和欲望统统靠边站，她们所理解的男女关系和平常人理解的完全不同，特别是有几个女人给古洛夫留下了非常深刻的印象，她们属于冷美人类型，外表漂亮，性格孤傲，年龄稍大，她们会对某些难以得到的东西产生强烈的欲望，不管自己或别人能否得到，总之一定要拥有，这些足以证明她们的贪心、愚蠢和蛮横，如果对她们尚有好感的话，这些缺点也可以视而不见，一旦他丧失了兴趣，哪怕是作为优点存在的美丽外表也会引起他的反感，甚至她们衣服上的精美花边都会让他一阵反胃。

但是此刻坐在面前的安娜却和他见过的女人完全不同，她像一个涉世未深的少女，脸上挂着忐忑和迷茫的神情，和不熟悉的人相处一室让她觉得有些不自在。她惶惶不安，生怕下一秒有人破门而入抓住她。安娜·谢尔盖耶芙娜对之前那一吻耿耿于怀，她认为自己做错了事，并且错得离谱，"带小狗的女人"露出伤心的表情，仿佛在哀叹着她的过失，但古洛夫不觉得那有什么错。她的长发垂在脸颊旁，怔怔的眼神和一动不动的姿态活像油画中的"抹大拉的玛利亚"，那个因为受到教化而改过自新、重新做人的妓女。

"您不该那么做，"她说话了，"那是轻薄的表现。"

古洛夫并不回应她，他走到桌边，把桌上的西瓜切下一块，缓慢地吃着。就这样，沉闷的三十分钟过去了。

安娜·谢尔盖耶芙娜像贵妇人一样静静地坐着，给人一种单纯、妩媚的感觉，房里的烛光有些暗淡，无法照亮她整个脸，但是他能察觉到她的恶劣情绪。

"我从未对你有非分之想，你怎么能这么污蔑我呢？"古洛夫说。

"噢，上天，请宽恕我的罪过！我本不想这样。"安娜的眼里噙满

了泪。

"难道一切都是我的错？"

"我没有这个意思，一切都是我的错，我没有克制自己，以至于做出了连自己都觉得羞愧的事情。我该如何面对自己？其实很久以前我就有了一些不好的想法，当然是瞒着我的丈夫。他虽然忠厚老实，可说到底也只是个替别人打工的下人！这是我对他唯一清楚的一件事，除此之外，他在哪儿工作、工作内容是什么我一概不知。二十岁时，我便和他结了婚，和同龄人一样，我渴望有钱，渴望生活在纸醉金迷中，年轻人的无畏勇气和信心让我对未来有着太美好的幻想，于是我不停地告诉自己：'会幸福起来的，会富裕起来的。'我盼望着那一刻早点儿到来。那种生活……充满激情……我已经迫不及待了，您能明白我的想法吗？每个人的本质并不坏，但环境会改变他们，我也被影响了。不瞒您说，我已经能面不改色地说谎了，这次来雅尔塔就是如此，我假装身体不舒服，告诉丈夫说医生建议我休养一段时间，他相信了……可我在这儿过得并不舒服，每天无所事事，简直要发疯了……我已经完全沦陷，变得低贱，自己都看不起自己。"

古洛夫蹙着眉头听完她的哭诉，他十分讨厌女人这种矫情的表现，不过她的眼泪让他改变了看法，一个人只有在真情流露时才会出现眼泪，所以她并不是故意如此。

"我很困惑，你究竟想说些什么？"古洛夫问道。

安娜·谢尔盖耶芙娜走过来紧紧抱着他，把自己的脸贴上他的胸膛。

"我说的话没有半点儿虚假，我只希望您能相信我，我恳求您……我向往单纯美好的生活，罪恶的事情要是能统统消失该多好！

现在想想，自己怎么会做出那些事情呢？人们常说某个人迷了心智，我就是这样，被迷了心智。"

"行啦，别再说了……"他说。

她的神情仍有些不自然，眼睛睁得大大的，没有神采。他再次亲吻她，在她耳边低语，慢慢地，激动的心情平复下来，一切又变得美好起来，两个人欢快地笑着。

一番亲热后，他们出了门，海堤上空荡荡的，四周只有海水冲刷堤岸发出的声音，树叶一动不动，整座城市都陷入沉默之中，游艇在海面上随波摇荡，一盏昏暗的灯挂在上面。

他们决定坐马车去奥列安达。

马车上，古洛夫问道："请恕我冒昧，我在你住所的接待大厅里看到你的姓氏，冯·季杰利兹，我猜你的丈夫应该是德国人。"

"他不是德国人，他信东正教，不过我听说他的祖父是德国人。"

很快他们便来到奥列安达，教堂旁边恰好有张长凳，他们坐了下来，彼此默不作声，在他们脚下，是望不到边的大海。黎明即将来临，薄薄的雾气笼罩着天地，远处的雅尔塔看起来有些模糊。四下无风，云朵仿佛被施了定身术，像一顶顶帽子扣在山峰上，树叶也停滞不动，只有夏蝉发出尖锐的叫声，和着单一的海浪声传出很远。大海早在远古时代就已存在，那时周围的一切都未成形，它犹如一位孤单的老人，日复一日唱着不知名的歌谣。多少国家灭亡，多少人类死去，它却从未消亡。它冷眼看着世间沧桑，用自己的存在告诉世人：不要惧怕暂时的消失，那只是为了下一次的出现，世界会在持续发展中逐渐走向成熟。天色越来越亮，古洛夫看着因沉浸在曙光中而更加漂亮的安娜，看着仙境一般的世界，看着广阔的天地、无垠的大海，他的内心变得安宁，并且深深为之陶醉，他突然明白一个道理：人们之所以抱怨是因为杂念太多，快乐与否取决于你对生活的态度，当你迷失了自己，丢掉了生活的真谛，最该怪罪的人是你自己。

不远处走来一个人，也许是看护员，他有些疑惑地看了看他们，但没有上前询问。他的出现让他们看起来就像离家出走的恋人，千方百计躲避家人的追踪。费奥多西亚的早班船已经驶来，船灯暗下去了，温暖的阳光给轮船穿上一件金色的外衣。

"你看，露珠。"安娜·谢尔盖耶芙娜打破沉默。

"嗯，我们也回吧。"

于是他们返回雅尔塔。

自此后，他们开始频繁约会，中午准时在海堤碰面，一起吃饭，一同在海边漫步。她经常对同一件事向他提问，或者觉得妒忌，或者认为他只把自己看成一个低贱的女人；她还不时向他诉苦，今天说心脏不舒服，明天又说睡得不安稳。他们也会在街心小公园和大型公园里散步，如果恰好走到四周没人的地方，他就会猛地抱住她，深情地吻她。他从未有过如此感觉，明媚的阳光、潮湿的海风、穿梭在身边的人群，以及害怕被撞见的忐忑心理，让他玩世不恭的心发生转变，他开始对这段艳遇产生一些期待；他时常称赞安娜·谢尔盖耶芙娜的美貌，向她述说自己的爱慕之心，他完全深陷在爱情之中，恨不得能时刻和她待在一起，而她总是百般挑剔，不断询问他有没有把自己看作一个低贱的女人，有没有欺骗她的感情。他们热衷于在夜幕降临时坐马车出游，目的地通常是奥列安达，要不就是瀑布。夜晚出游的感觉实在美妙，他们拥有太多甜蜜的回忆。

安娜的丈夫也准备来雅尔塔，他们正等待着那一天。安娜突然收到一封信，丈夫在信中说自己患了眼疾，十分严重，要安娜立刻回家。于是安娜·谢尔盖耶芙娜开始紧张地收拾东西。

"早点儿离开也好，我们不可能一直待在一起，迟早会分开。"她和古洛夫说。

他陪她坐了一天马车赶到火车站，把她安顿好。她坐在特快列车里，听着发车铃声第二次响起，她说话了：

"行了，我再看您最后一眼……就一眼。以后再也见不着了。"

她浑身抖得厉害，脸上是浓浓的悲伤，但她没有哭泣。

"我不会忘记您……"她对他说，"我会向主祷告，请他眷顾您、保佑您。另外，我带给您的麻烦和困扰请您忘记吧。以后我们再也见不着了，其实这也是件好事，我们的相遇根本就是个错误。就这样吧，再见。"

汽笛声响起，火车开动了，不一会儿便跑出了他的视线，只听见远处传来的轰鸣声，再过一会儿，连声音都消失了，仿佛一切从未发生。古洛夫站在月台上，眼睛直愣愣地看着前方，黑暗渐渐将他包围，虫鸣和电流声在耳边围绕，他恍惚觉得自己是穿越时空来到这儿的。他默默想着：这一次艳遇结束了，自己的经历也增多了，就把它尘封在记忆中吧……突然之间，他有一点儿感伤，对这个女人产生了愧疚。她和他在一起时远没有得到十足的乐趣，然而今后也没有机会向她弥补，虽然他真心实意地赞美她，热烈地与她拥吻，但他潜意识里始终对她有点儿嘲讽，那是年龄的差距带来的优越感，他的年龄几乎比她多了一倍呢。她没有发觉这些，反而总是感激他对自己的好，认为他是一个善良、正派的人。想到这儿，他的愧疚感更深了，他的真实面貌并不像女人想象中的那么好，毫无疑问自己有愧于她……

晚风吹得他有些凉意,他准备离开车站。

下了月台后,他思索着:"干脆我也回家去吧,时间差不多了!"

三

此时的莫斯科,每户人家都在准备物资迎接冬季来临。早茶时,天往往还没亮,女佣点起一盏微弱的灯,孩子们已经做好去学校的准备了,每家每户的火炉都烧得旺旺的。寒冷的冬天终于来到。雪纷纷扬扬地落在地上,积起厚厚一层,人们开门就能看到银装素裹的城市,大家争先恐后地坐上雪橇玩耍,纯净的空气和愉快的笑声让人瞬间变得年轻、充满活力。菩提树和桦树的枝丫上挂满白雪,好像一列列神情肃穆的士兵,柏树和棕榈树怎么能和它们相比?有了它们的陪伴,人们不再留恋起伏的山脉和壮阔的大海。

古洛夫回到了莫斯科,那天阳光明媚,但温度依然很低,他穿着毛皮外套,戴着厚实的手套,每个星期六他都要沿着彼得罗夫走上一圈。教堂的钟声徐徐传来,一切都是那么祥和,他不再留恋外面的世界,作为一个莫斯科人,他对莫斯科的生活有着与生俱来的适应力。每天他定量浏览三份不同的报纸,不过他说自己并不是抱着严肃的心态去看的。他开始频繁出入公众场合,派对、俱乐部、歌剧院和餐馆都能看到他的身影,一些身份高贵和有权有势的人也逐渐与他熟识,或者他们去他家聊天,或者他去俱乐部和医师教授们玩纸牌,在他看来,悠闲、惬意的生活恰好能体现出他的优越。另外,他的食量也有所增加,用煎锅装着的一整份酸白菜焖肉他可以眼睛不眨地全部吃完……

他自我感觉良好，最多一个月，自己就能把和安娜·谢尔盖耶芙娜有关的全部回忆都装进密封的盒子里，若是可以的话，说不定还能在梦境中与她见上一面，这也仅仅是可能而已。一个月后，冬季正式降临，令古洛夫感到烦躁的是，他仍然没能完全忘记安娜·谢尔盖耶芙娜，一切事情都历历在目，车站里的告别如此清晰，简直就像昨天才发生的事情。安娜的形象在他的脑海中越发深刻，安静的黄昏、朗朗的读书声、一首舒缓的乐曲，甚至狂风的呼啸声，任何情景都能让他想起她，想起他们在一起的点点滴滴：海堤上的漫步；夜晚去奥列安达游玩，看着黎明时的薄雾在山间缭绕；早上准时去看从费奥多西亚驶来的轮船；还有那些热烈的拥吻。排山倒海般的回忆淹没了他，他的脸上不自觉地露出了微笑，边笑边在房间里来回踱步，回忆的触角渐渐延伸到现实中来，恍惚间他觉得安娜并没有离开他，她一直跟在自己身边，不管他去哪里，她都陪伴着他，就像自己以前对她的感情，时刻都不想分开。虽然很久没见，她依然鲜活地存在于他的脑海中，甚至比她原来的形象还要漂亮；而他也幻想着自己比现在更年轻，更有活力。她的身影无处不在，书柜旁、壁炉旁、墙角边，那双清澈的眼睛每时每刻都在凝视着他，空气里还有她的香味，耳边还回响着她的衣裙走动时发出的摩擦声。每当他走在街道上，目光总是不由自主地在女人身上来回扫动，期望能发现一个和她相似的人……

他想发泄，想把自己的苦恼全部发泄出来。但是他没有合意的倾诉对象，家人不行，外人更加不行。家里的房客甚少交流，银行里的同事也不算知心。再说了，就算有合适的倾诉对象，自己又该怎么开口呢？古洛夫不确定自己当时是否投入了真情，虽然对她表现得十分热情，但总觉得自己和安娜·谢尔盖耶芙娜之间没有太多的心灵交流，也没有几件实实在在值得回味的事情。可是憋在心里又很难受，他只好语焉不详地和别人谈起爱情与女人，并且小心翼翼不让别人察觉出他的意图，但女人天生比较敏感，妻子似乎从他的话中嗅到了一丝气味，对他说：

"德米特雷，想做一个风流的人，你还达不到要求。"

一天，他在俱乐部打牌打到深夜，当他和一位文官一同走出大门后，他终于按捺不住脱口而出：

"您肯定想象不到，我在雅尔塔度假时遇见了一位美丽的女士！"

文官自顾自地跨上雪橇，准备出发，但他猛地叫起来：

"德米特雷·德米特雷奇·古洛夫！"

"怎么了？"

"我刚想起你说的那句话果然没错：今晚的鲟鱼确实有点儿发臭！"

文官的话并没有错，但古洛夫却非常气愤，他的心里有一团火在燃烧，他在心里咒骂着：真是一群愚蠢的、不开化的人！如此粗鲁，如此无趣。白天不是吃饭喝酒，就是千篇一律的会议。旺盛的精力和宝贵的时间都浪费在毫无价值的事情上，生活被掐头去尾，只剩下中间的糟粕，但人们无法抗争，唯有服从安排，这种带有逼迫性质的生活把人们统统变成牢笼里的病人和囚犯。

这天晚上古洛夫失眠了，他怀着怒气在床上翻来覆去，次日便开始头疼，一整天都没缓和，晚上他再次失眠，好不容易睡着了又会醒过来，他烦躁地坐在床上想心事，不时在房间里走来走去。他开始厌恶一切，包括家庭和工作，他对所有事情都失去了兴趣，也打消了想找人倾诉的念头。

十二月，他有一次休假的机会，他打算外出一趟，告诉妻子自己得帮一个年轻人办事，要去彼得堡，但他却提着行李坐上了开往斯城的火车。他浑浑噩噩不知自己这么做的原因究竟在哪儿，也许他能找到安娜·谢尔盖耶芙娜，看看她的近况，要是有机会的话，还能有点儿时间和她聊天。

火车早上到达了目的地。他找了一家旅店，定下一间铺着灰色军毯的房间，这可是旅店里最豪华的房间，桌上还摆着一瓶墨水，不过落满了灰尘，瓶身上雕的是一个骑马的人，一只手正抓着帽子挥舞，但是这个人的脑袋脱落了。他向门房打听安娜家的情况，那人告诉他：冯·季杰利兹知名度很高，家境富裕，对人也很随和，有私人马车，住在不远处的老冈察尔纳亚街。门房还把"季杰利兹"念成"德雷迪利兹"。

安娜的家并不难寻找，来到老冈察尔纳亚街后，古洛夫看见路边有一堵灰色的围墙，顶上插满铁钉，向前延伸出很长的距离，那间房屋就在围墙的对面。

"这种围墙让人一看就充满压抑感，我想没人会喜欢住在这里。"古洛夫在心里默念着，眼睛在房屋和围墙之间转动。

今天不是上班时间，她的丈夫应该会在家休息；说不定我的突然出现会把她吓坏，这样的结果可不是我想看到的；写信也不妥，难保不会被她的丈夫看到，还是等等看吧，也许有机会让我见她一面。古洛夫一边想着一边在墙脚下随意走动，他在等待时机成熟。过了一会儿，一个乞讨者试图走进安娜家，一群狗呼啸而来，立刻把他包围，又过了一个小时，从屋里传来模糊不清的钢琴声，他猜测弹奏者正是安娜·谢尔盖耶芙娜。正在此时，一个老妇人自前门出现，朝外面走

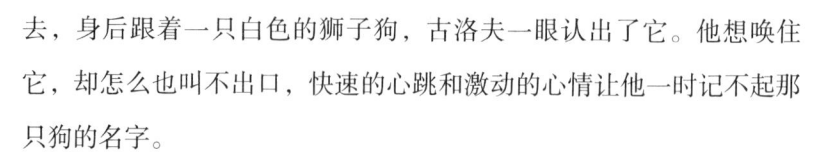

去，身后跟着一只白色的狮子狗，古洛夫一眼认出了它。他想唤住它，却怎么也叫不出口，快速的心跳和激动的心情让他一时记不起那只狗的名字。

他暴躁地在围墙边走动，心情越来越糟，围墙在他眼里也变得十分可恶，他恶狠狠地想着：安娜·谢尔盖耶芙娜说不定早把他忘得一干二净，有了新的交往对象，自己还像个傻瓜一样为她牵肠挂肚，也难怪她会情绪消极，任何一个女人住在这堵围墙里边都会疯掉的。他索性回到旅店，把自己窝在沙发里，很长时间一动不动，也不知道下一步该怎么办，吃完中饭后，他睡了一觉，又花掉很长一段时间。

等他睡醒后，天已经完全暗了下来。看着盖在身上的灰色被子，简陋得就像是从医院里拿出来的，他对自己的行为感到无可奈何，嘀咕道：

"我竟睡了这么久，不过好歹把下午的时间打发了，可晚上我该怎么度过呢？"

他又说："呵，你来这儿不就是想见她吗？那位'带小狗的女人'……现在你有大把的时间，快去找她啊……然而你只能呆坐在旅店里。"

今天早上，他在火车站看到一张海报，内容是《盖伊霞》将开始第一场演出。想到这儿他决定去歌剧院碰碰运气。

"第一次演出，也许她会去看。"

剧院里人头攒动。似乎每个剧院都是如此：灯具规矩地摆在灯架上，四下散开的光线远看显得有些朦胧；二楼观众席上传来嘈杂的声音；有权有势的公子哥们背着双手立在最前排，似乎在向观众显示他们的身份；包房里，省长的女儿脖子上戴着动物毛皮做的围巾，坐在原本属于省长的位置上,而省长则害羞似的坐在后面,帘子挡住了他的大部分身体,只看到两只胳膊露在外面。乐队已经花了很长时间来调整乐器,台上的幕布不停地抖动着。古洛夫早早就坐在椅子上,眼睛一直盯着不断涌进来的人群。

突然,他心脏猛地一收缩,安娜·谢尔盖耶芙娜出现了。她轻飘飘地走到第三排座位。古洛夫盯着这个身材娇小、普普通通的女人,他知道自己彻底爱上她了,这个女人没有惊艳的容貌,走在人堆里毫不起眼,但只有她才能给他带来初恋般的感觉。安娜举着一副长柄眼镜兴致勃勃地看着舞台,古洛夫则定定地看着她,他清楚自己的痛苦、快乐都来源于这个女人,没有人能和她相比;在嘈杂的人声中,在粗劣的音乐声中,他默默地在心里念叨,她可真美,就像天使一样。

安娜·谢尔盖耶芙娜身边跟着一个高个子男人,他们是一块儿来的。那个男人应该就是她的丈夫,那个给她带来痛苦和折磨的人。他还很年轻,但头发已经显得稀稀落落,露出小块空地,嘴唇周围蓄着一小块络腮胡子,上身微微弓着;他的头随着步伐轻轻点动,看上去是在不停地和别人打招呼。安娜·谢尔盖耶芙娜没有说错,他看起来确实像整天对着别人卑躬屈膝的下人,他的笑仿佛掺了蜜糖,衣服上的徽章闪闪发亮,半是炫耀半是卑微。

第一次中间休息时,安娜的丈夫去外面吸烟,她则一直坐着。古洛夫看着她的背影,慢慢站起身,来到她面前站定,脸上挤出笑容,颤抖地开口说道:

"很高兴见到您。"

她的眼睛朝上一瞄,脸上立即惨白一片,这简直是在做梦,她流露出惊恐的神情，再次确定他是真真切切地站在自己眼前；她的身体抖个不停，两只手抓着眼镜柄和扇子，努力让自己镇定下来。两人谁也没有说话。一个站着，一个坐着，他本想坐在她身边，可她紧张的样子让他不敢贸然行动。舞台上传来演奏前的调音声，他突然感觉到周围人投来的异样眼光，大家都在看他，该怎么办？正在这时她站起身，头也不回地朝大门奔去；他随即跟在后面，就这样，他们慌乱又茫然地在人群中穿梭，法官、教师、皇家部门的人依次在他们眼前闪过，这些人无一例外都佩戴徽章。走到长廊的尽头后，他们开始上楼梯，然后又下楼，走过挂满女式大衣的更衣间，走过吸烟室。古洛夫的心怦怦直跳，他暗自思忖："我究竟在想什么！要是所有人都消失了，难听的音乐也消失了，该多好……"

恍惚间他又想起两人在火车站分别时的情景，安娜·谢尔盖耶芙娜悲切的神情，还有他对自己说的话：一切都结束了，永远也不会再见。但现在看来，他们之间还有很长一段路要走。

安娜终于停下了，这里是一个狭小的楼梯间，墙上写着"由此到梯形看台"。

"真是太突然了！您怎么会来这儿？"她气喘吁吁地问道，脸上仍然毫无血色，神情惊惧。"吓死我了。您知道我有多害怕吗？您为什么要来这儿？您来做什么？"

他慌张起来，断断续续地说："安娜，冷静点儿，你该知道我为什么来这儿……你知道的……请你安静一会儿……安静……"

她用热烈的眼神看着他，夹杂着紧张和害怕，她痴痴地看着他，仿佛要把他的模样烙在自己的心里。

"我每天都在想您，一刻也不停，我一直靠回忆支撑着。"她对他的话充耳不闻，只顾把自己的话说出来。"您知道我过得有多辛苦吗？我曾试图忘记您，但我做不到。这已经够让我痛苦了，现在您突然出现在我面前，您究竟想做什么？"

楼梯最上端坐着两个孩子，大概还在读中学，他们手里夹着香烟，饶有兴味地看着这对男女。他们的存在并没让古洛夫觉得紧张，他一把抱住安娜·谢尔盖耶芙娜，热烈地亲吻她，先是脸颊，然后是她的手背。

"别，求您不要这样！"她连忙抽出手，挣脱他的怀抱。她带着请求的语气说，"别这样，请您走吧，离开这儿……我真愚蠢。您就听我一次吧……有人来了！"

楼下传来脚步声，有人上来了。

安娜·谢尔盖耶芙娜轻声说道："快走，我们都得走……德米特雷·德米特雷奇·古洛夫，我对您发誓，我会去莫斯科找您。和您在一起的日子是我最幸福的时刻，从来没有那么快乐过，请让我带着愉快的回忆生活吧。我的痛苦已经够多了，现在，我们该走了，亲爱的古洛夫，我最爱的人，再见！"

她握着他的手，随即又松开，转身奔下楼梯，不时回头看他一眼，她的眼神楚楚可怜，他心想：她不快乐，这是真的……待她的身影消失后，古洛夫又等了一会儿，四周变得静悄悄的，然后他下楼拿走挂在更衣室的外套，离开了剧院。

四

隔两三个月的时间，安娜·谢尔盖耶芙娜就会到莫斯科和古洛夫见面。她谎称去莫斯科请教一位医术高超的教授治疗自己的妇科病，虽然丈夫有些疑虑，但也只能任她前去。她总是住在莫斯科的斯拉维扬斯基大厦，然后请人去通知古洛夫，这个人通常戴着一顶红色帽子。他们的行动十分隐蔽，没有人察觉到他们的关系。

又一次，安娜·谢尔盖耶芙娜来到莫斯科，派人去通知他，但送信人没有找到他。第二天早上，他得知消息准备前往她的住处，正好顺路陪女儿去学校。天气十分寒冷，鹅毛大雪纷纷扬扬。

古洛夫向女儿解释道："今天的温度是3℃，依旧下雪了，因为天空中的大气层要比地面上的温度低很多，即使地面温度没到零下也会下雪。"

"那么，爸爸，下雪时怎么没有雷声呢？"

他开始向女儿解释为什么下雪时不会打雷，同时他还想着另一件事：送完女儿后，他将要和秘密情人约会，他不会让任何人知道这件事。现在他过着双重生活，一边和家人、朋友、同事在世俗的环境中相处，大家假惺惺地说话做事，身边每个人的生活都是如此；但他背地里还有一个不为人知的生活。他在第二种生活里过得十分惬意，没有虚情假意，不用矫揉造作，一切事物都按原貌发展、生活着；第一种生活则让他不得不戴上面具，银行里的钩心斗角，俱乐部里的嘈杂混乱，还有和妻子的貌合神离，这一切都让他头疼。因为自身缘故，他开始对每个人光鲜外表下隐藏的黑暗产生了兴趣，他认为每个人都有秘密，显露在外的表象并不可靠。现在他明白了那些提倡保护个人隐私的人们的意图，他们在呼吁尊重别人隐私的同时，也在为自己的隐私寻找保护。

等女儿走进学校后，古洛夫便来到斯拉维扬斯基大厦和安娜见面。他把外套挂在楼下，上楼敲门。门应声而开，安娜·谢尔盖耶芙娜站在面前，身穿灰色连衣裙，那是古洛夫最喜欢的衣服。她的神情有些疲惫和期待，要知道她从昨晚就一直等着他的到来。她看着他，没有笑也没有说话，脸像纸一样白，他才一跨过房门，她便直扑进他的怀里。两人忘情地深吻着，像阔别好几年的夫妻。

"最近过得还好吗？有什么新鲜事发生？"他问她。

"待会儿再和你说，我现在……我现在没法儿说话。"

她的眼泪大颗大颗掉下来，声音呜咽着。她别过头去，拿着手绢擦眼泪。

他想："也许我该等她哭完再说。"他找了一把椅子，打算坐着等她哭完。

时间一点点过去，她还在哭，他摇响铃铛请人送来一杯茶，他一边喝茶一边等待着。她站在窗户边，仍没有止住眼泪……她在为他们的关系哭泣，偷偷摸摸的见面让她丧失了对未来生活的希望，他们过得真辛苦，小心翼翼维持这份感情，生怕被其他人发现，连正常生活都受到影响。

"好啦，不要再哭了！"他说道。

古洛夫知道自己和安娜的恋情还将持续很久，至少现在两人没打算分开，以后什么时候分开也是个未知数。况且安娜·谢尔盖耶芙娜对他的感情已经无法自拔，她深深地眷恋着他。若是别人告诉她，他们的感情最终逃不过分开的命运，她仍然会义无反顾地爱着古洛夫，甚至还会对劝慰她的人做出激烈的反驳。

他想亲吻她，对她说些爱恋的话，于是他朝窗边走去，用双手搂着她，抬头时不经意看到了自己的模样。

镜中的自己比以前憔悴很多，头发斑白一片。他惊奇地想着：时间过去很久了吗？我竟有如此大的变化，老了，也变丑了。而他拥着的身体还是那么鲜活，还在微微发颤。他不由得生出一股怜悯之心，这个年轻的生命也快要衰老了吧，谁都逃不开死神的追赶。为什么她会如此深爱他呢？古洛夫有些不解，在他看来，每一个和他交往的女人，她们心中关于他的印象总是不同于他的真实面目，直白地说，女人往往一厢情愿把对方想得太过美好，她们对任何人和事都充满幻想，即使某一天发现事情并不如自己所想的那样，依旧会为对方牵肠挂肚。想想那些和他交往过的女人，没有得到多少快乐，而他主动交往的女人也从未被他真心爱过。你可以用其他话语来形容这种关系，唯独不能用"爱情"来形容。

斑白头发的古洛夫此刻终于明白，自己对这个女人投入了全部情感，她是他第一个为之动情的女人。

他们就像一对真正的夫妻，像生活在同一屋檐下的家人，像生死之交的朋友，他们深爱着对方。如果自己是一个残缺的圆的话，对方无疑是他们缺失的那一块，但是为什么原本合二为一的两个人会各奔东西？一个嫁人了，一个娶妻了。这简直不可思议，原本应该在一起的两人被硬生生拆散，分隔两地。所幸他们找到了对方，忽略对方已经嫁娶，抛开不幸福的生活，无视社会伦理带来的压力，他们快乐地相处，同时又对暗无天日的未来表示担忧。

换作以前，他根本不会如此悲伤，他能毫不费力找到许多理由来宽慰自己，但如今他已词穷，剩下的是无尽的忧伤，他不想欺骗自己，他希望自己变得诚实一点儿……

"亲爱的，不要再哭了，停一停吧……我们到了该想想如何改变现状，从根本上解决问题的时候啦……"

他们开始讨论，思考该如何结束这种偷偷摸摸的日子，他们已经受够了长时间的分离。到底该怎么做、如何做才能彻底摆脱束缚呢？

他的手在头上摩挲，嘴里不住地问着："要怎么做？该怎么做？有什么办法呢？"

套中人

这是契诃夫最著名的短篇小说之一。无处不在的幽默和讽刺,塑造了一个世界文学中的经典形象。看似荒谬的故事,背后无不是真实的现实生活。

普罗科斐是米拉诺西兹村的村长。他有一所小房子位于村子边上。中学教师卜尔金和兽医依凡·依凡内奇两个人外出打猎，因为时间太晚，无法返回家中，所以就在普罗科斐村长的小房子里过夜。依凡·依凡内奇的复姓是奇姆沙—喜马拉雅斯基。这个复姓听起来非常奇怪，而且并不适合他本人。因此，省城的人称呼他时，全都称呼他的父称和名字。城郊有一个养马场，他就住在那里。他待在那里很久了。为了出来散散心，呼吸一下新鲜的空气，他才决定到乡下来打猎。中学教师卜尔金对这一带已经非常熟悉了，因为这里住着一个伯爵，他每天夏天都要到伯爵家里做客。没事的时候，他就会陪着伯爵在这一带散步。

尽管已经是深夜了，但是依凡·依凡内奇和卜尔金都还没有睡觉。村长的小房子里铺着干草，卜尔金非常悠然地躺在干草上面，依凡·依凡内奇则坐在门外吸着烟斗。他个子很高，也很瘦，下巴上长着非常长的胡子。他们两个人一里一外，随便闲聊着。他们聊了很长时间，最后不知谁起的头，他们聊到村长的老婆玛福拉。他们觉得玛福拉是一个身强体壮的女人，各种家务活没有她干不了的；她头脑也算灵活，可是始终待在村子里，一辈子都没有见过世面。她从来都没有去过城市，从来没有坐过火车，甚至连铁路都没有见过。最近10年以来，她整天都忙着干家务活儿，白天从来没有出过门，只有夜里干完活儿之后才到外面去走走。

"这不足为奇！"卜尔金说，"在这个世界上，有很多人像蜗牛或者寄居蟹那样，总是想着躲在自己的壳里，不愿意与别人接触。或许这就是所谓的返祖现象吧！在太古时代，人类的祖先还没有过上群居生活。他们建好洞穴，自己一个人住在里面。另外一个原因是，也许她的性格因为长期劳作，不与外人接触而变异。谁知道到底是怎么回事。我又不是科学家，没有兴趣去研究这类问题。我想说的是，在这个世界上，存在着很多像玛福拉这样的人。在我们城里，就有一个这样的人。他是我的同事，教希腊语，姓别里克夫。他在两个月之前刚刚去世。我想，您一定听别人提起过他。他是一个非常奇怪的人。无论什么时候出门，总是要穿上那件非常厚的棉大衣，带上雨伞，穿上套鞋。他有一个灰色的鹿皮套子，他总是把怀表放在那里面。他把雨伞装在套子里。他用来削铅笔的刀子，同样被他装在套子里。他总是穿着同一件衣服，而且总是把衣领竖起来。所以，别人总是以为他的脸也被装在套子里。他穿着绒衣，戴着非常宽大的墨镜，把棉花塞进耳朵里。他外出坐出租马车时，总是会让车夫把车篷支起来。他的种种行为表明，他总是想把自己装在套子里，使他保持与外界隔绝的状态。他总是想方设法脱离现实生活，因为在现实生活中，他觉得非常痛苦。或许是痛恨现实，他总是对过去的生活进行赞美。他把他所教授的古代语言课程，也当成了雨伞和套鞋，成为他逃避现实的工具。

"'古希腊语言是何等的美妙和动听啊！'他经常带着愉悦的表情如此说道。他还会伸出一个手指，眯着眼睛，煞有介事地念道：'安塔罗波斯！'好像这样做，人们就会对他的话深信不疑。

"对于自己的思想，他也采取同样的态度。他把报纸和各种官方文件奉为圭臬。如果有文章对中学生谈恋爱进行抨击，或者学校规定，中学生晚上9点之后不得外出，那么他就会认为那些规定非常高明。如果官方文件规定或者批准人们可以做什么事，他就会对官方的做法产生怀疑。每当城里人提出建立阅览室的要求得到政府的批准，或者人们提出成立戏剧小组的要求得到批准，或者政府允许人们在城里开茶馆时，他都会面带怀疑的表情，小声嘀咕说：'这样做，倒是很合适。可是万一出事该怎么办呢？'

"如果看到不符合常理的行为，尽管那些行为与他没有任何关系，他也会非常担心。比如说，有人看见女学监很晚还没有回家，仍然和军官待在一起，或者有人说某个中学生不好好上课，又做出违反校规的事情，或者他看到做祷告的时候，有一个同事姗姗来迟，那么他就会心烦意乱，总是说：万一出事该怎么办啊！每当开教务会议时，他一定会在会上发言鼓吹他那一套套子理论，这让我们参加会议的每一个人都非常痛苦。他总是说，上课时课堂纪律太差，某男子中学，某女子中学的学生不遵守校规，做了很多不该做的事。他总是担心当局会知道这些事，于是总是用杞人忧天的口气说，万一出事该怎么办啊！他又说，如果把违反校规的叶葛罗夫和彼得罗夫开除，那么学校就可以免受影响。学校认为他的要求太过分，就没有答应。在学校表明态度后，他整天哭丧着脸，不停地发牢骚，戴上一副大墨镜——他那张像黄鼠狼一样的小脸戴上大墨镜后，看起来相当滑稽——他就这样不停地给我们制造压力，逼迫我们做出让步。最后，我们不堪其扰，只得压低叶葛罗夫和彼得罗夫的操行分数，最后把他们开除。

"他有事没事的时候，都会到同事家里串门。到同事家里之后，他完全不理会主人，只会自顾自地坐下来，然后什么都不说。大约坐一两个小时之后，他才会离开。他认为这是他与同事保持良好关系的必要手段。不用想也知道，就这样不声不响地坐在别人家里一两个小时并不是一件轻松的事情，可是他仍然乐此不疲，因为他认为这是他应尽的义务。我们这些教师,有哪一个不怕他呢?我们的校长也像我们这些教师一样,非常怕他。我们这些教师,有哪一个不是受到过谢德林和屠格涅夫的良好教育,无论是思想,还是作风,都是让人钦佩的人。可是,这个无论何时都带着雨伞、穿着套鞋的人,竟然主宰了我们这个学校长达15年之久。这真是一件不可思议的事情。不只是我们这个学校,就连全城的人都非常怕他。城里的神职人员在他面前总是表现得规规矩矩。他们平时又是打牌又是吃荤,可是在他面前,他们根本就不敢那样做。星期六时,城里的太太小姐们本该安排一些家庭演出,可是由于害怕让他知道,她们的娱乐活动不得不取消。像别里克夫这样的人,在我们城里有很多。正是在他们这些人的影响之下,我们全城的人,在最近10~15年里,发生了非常大的变化。他们无论做什么事情,都变得小心翼翼。他们心中充满了恐惧,害怕读书写信、害怕与人交往、害怕大声说话、害怕给穷人提供力所能及的帮助……"

依凡·依凡内奇清了清嗓子,想要说些什么,但是他先吸了一口烟斗,看了看夜空中的月亮,然后才慢慢地说:"您说得很对,我们读谢德林和屠格涅夫的作品,受正统教育,为人正派,但是当某种压力出现在我们的面前时,我们又不得不作出让步……这就是问题的症结所在。"

卜尔金继续说道:"我们住在同一所房子里,住在同一层楼上。他的家就在我家对面。因此,我非常了解他的家庭生活。他在家里的表现和在外面的表现高度一致。他家总是门户紧闭,窗户也封得严严实实。他睡觉时总是穿着睡衣,戴着睡帽。他在家里也会说那句话'万一出事该怎么办啊!'每当斋期到来时,本来应该吃素食。可是总是吃素食就会影响到健康。为了防止别人说他不守斋戒，他不敢吃荤。后来，他想到了一个两全其美的办法——吃用牛油煎过的鲈鱼。当局并没有禁止这种食物在斋期内不准食用。当然，这并不是素食。为了保持正人君子的良好形象，避免别人在背后说他坏话，他从来都不用女仆。他雇了一个60来岁的厨师。那个厨师名叫阿伐纳西，脑袋不太好使，还特别爱喝酒，每天都喝得醉醺醺的。他年轻的时候在部队里当过勤务兵，所以好歹会做几道菜。没事的时候，他就会站在房门口，胳膊交叉在胸前，非常无奈地说：'现在像他们这种人，可真是太多了！'

"别里克夫的卧室小得可怜，只有一个箱子那么大。他的床上总是挂着一顶帐子。他睡觉的时候，总是会用被子把脑袋蒙起来，好像不那样做就睡不着似的。由于空气无法流通，他的房间里非常闷热。总是有阴森恐怖的声音在他的房间里回荡……

"他浑身颤抖着躺在床上，头脑里总是想着各种各样的事情，总是担心会出现什么意外。他害怕家里来贼，更害怕阿伐纳西在他酣睡时杀死他。由于总是担惊受怕，所以他经常会做噩梦。第二天早上，我们一起去学校的时候，他一般都会显得非常疲惫，没有一点儿精神。他跨入学校大门的时候，总是显得十分不情愿。另外，他也觉得我不应该与他一起去学校。

"他总是说：'我们班里的学生实在是太不像话了，他们不管什么时候都无法安静一会儿，这可真让人受不了。'他好像是在解释为什么他不想跨进学校的大门。有一件事您一定想不到，这个装在套子里的人居然险些与别人结婚了呢！"

依凡·依凡内奇显得非常吃惊。他说："您这是在跟我开玩笑吧！"

"不，我没有和您开玩笑，尽管我自己也难以置信，但是这的确是真的。我们学校新调来了一个名叫米哈伊尔·萨维奇·克瓦连柯的史地课老师，一个俄罗斯人。他是一个黑脸大汉，有着一双强壮而有力的大手。他声音低沉而浑厚。他来到我们学校时，还带着一个女人。那是他的姐姐，名叫娃莲卡，大概有30岁了，个子很高，身材也不错，脸蛋红扑扑的，眉毛很黑。她的性格非常开朗，遇到高兴的事情时就会开怀大笑，没事时就会轻声地哼唱俄罗斯抒情歌曲。在校长的命名日宴会上，我们正式与科瓦连科姐弟相识。参加宴会的教师们，都板着一张严肃的面孔，现场的气氛十分沉闷。突然之间，娃莲卡打破了这种沉闷的气氛，她双手叉在腰上，不停地走动着，时而开怀大笑，时而放声欢唱。她饱含深情地唱了好几首俄罗斯抒情歌曲。当时在场的人没有一个不因为她迷人的风采而对她赞赏有加的——别里克夫也不例外。他非常大胆地走到她的身边，面带微笑对她说：'俄罗斯语像希腊语那般柔美动听。'娃莲卡听到别里克夫的赞美后非常开心，她饱含深情地对他说，她的家在加佳奇县，拥有那里的一座田庄，现在她的母亲就住在那里。那里有非常甜美的梨和甜瓜，还有特别好的酒馆！娃莲卡还说，他们做的西红柿加紫菜汤味道极其鲜美。

"他们聊得很开心，我们大家都在听他们讲话。突然，我们觉得应该把他们撮合成一对。这个时候，我们才意识到别里克夫还一直未曾结婚。对于他的终身大事，我们竟然从来都没有注意过，这可实在是太不应该了。我们以前根本就没有注意过他对女人的态度，因此我们不知道他对此事会有什么样的反应。"

"'别里克夫已经40多岁了,娃莲卡也过了30岁,他们都已经不再年轻。我认为她会同意嫁给他的。'校长太太这样说道。

"人们总是会因为无聊干出一些蠢事来。这件事就是一个非常好的例子。我们都不知道别里克夫有没有结婚的打算,却非要一厢情愿地为他做媒。不管是校长的太太,还是教师们的太太,对这件事都抱有非常大的热情。为了撮合他们两个人,校长太太特意请他们去看戏剧。为了营造气氛,校长太太还特意在剧院里订了一个包厢。我们在包厢里看到,娃莲卡拿着一把小扇子,得意扬扬地坐在那里。别里克夫坐在她的身边。他一副弯腰驼背的样子,看起来好像十分不情愿来到这里。有些时候,我在家里举行聚会,会邀请很多朋友来参加。那些朋友们的太太都一而再再而三地嘱咐我,一定不要忘记邀请别里克夫和娃莲卡。像这样的例子还有很多。反正所有人都在努力给他们创造机会,希望他们能够尽快走到一起。我们还得知,娃莲卡也想尽快结婚。她跟弟弟在一起生活,经常闹矛盾。他们整天吵架,有的时候甚至疯狂地对骂。我听说过这样一件事:克瓦连柯与娃莲卡一前一后在街上走,他们手里都拿着书。克瓦连柯穿着绣花衬衫,戴着一顶帽子,有一撮头发耷拉下来,垂到额头上。他身材魁梧,一只手拿着一根非常粗的手杖。'米哈伊尔,你根本就没有读过这本书。'她用非常大的声音说道,'我可以非常肯定地说,这本书你从来也没有读过。''你怎么知道我没有读过,现在我就非常明确地告诉你,我读过这本书。'他大声回击,还不停地用手杖敲打着地面。'咱们进行的是非常有原则性的谈话,你为什么好端端地就发脾气啊,有话不能好好说吗?''我就是想让你知道,这本书我读过了。'

"他们经常这样大声地争吵,不管是在外面还是在家里。有的时候,即使家里来了客人,他们也会吵起来。娃莲卡或许已经过腻了这种生活,她不想再与弟弟这样没完没了地吵下去,她想给自己找一个安静舒适的地方。再者说,30岁的女人,也已经老大不小了,如果再不把自己嫁出去,那么以后恐怕就更不好找对象了。所以说,她愿意委身嫁给一个希腊语教师。正是由于这些原因,娃莲卡看起来很喜欢别里克夫。

"别里克夫好像并没有对娃莲卡表露出特别的好感。他虽然也去克瓦连柯家,但是与去其他教师家里没有什么两样。他到克瓦连柯家里之后,就坐在那里什么也不说,一直默默地观察着主人的一言一行。娃莲卡认为这是很好的表现机会,就主动给他唱俄罗斯抒情歌曲,或者在他面前非常爽朗地开怀大笑,或者含情脉脉地注视着他。

"在婚姻恋爱这类问题上,别人的牵线搭桥起着非常重要的作用。我们所有的同事和他们的太太都非常清楚这个道理。于是大家纷纷劝说别里克夫,让他尽早结婚。我们不断地对他说,他早就到了结婚的年龄,如今该把这件终身大事给解决了。况且,娃莲卡又非常漂亮,而且家里的条件也很不错,最为重要的是,她对他非常好,而且也很喜欢他。正所谓'众口铄金',我们大家不停地在别里克夫的耳边唠叨,让他受到了很大的影响。他也觉得自己结婚的条件已经具备,时机已经成熟。"

"如果他真的结婚的话,那么他就会失去他的雨伞和套鞋了。"依凡·依凡内奇说道。

"不,您怎么会这样认为呢?他的雨伞和套鞋根本就不可能被别人夺走。虽然他决定要和娃莲卡结婚,经常到我家来谈论婚姻和家庭生活,谈论娃莲卡,虽然他经常到克瓦连柯家里去,虽然他觉得娃莲卡是一个非常漂亮的姑娘，并把她的照片放在自己的桌子上，但是他仍然像以前那样生活，他并没有做出任何改变。恰恰相反，当他做出结婚这个决定的时候，甚至非常痛苦，还得了一场非常严重的病。之后，他发生了一些变化，好像更需要他的套子来保护自己。

"'我很喜欢娃莲卡'，他有些痛苦地说道，'结婚是一件终身大事，是每个人都要经历的人生过程，我非常清楚这个道理。但是，我已经一个人生活了40多年，我已经习惯了那种生活。如今就这样与别人结婚，我一时还很难适应……因此说，我需要仔细地考虑一下。'我对他说，到了结婚的年纪，遇到了合适的对象，就与那个人结婚，这是无可厚非的事情，根本就不必考虑。可是，他却对我说：'结婚是终身大事，必须慎重考虑才行。首先，我必须明确一下，结婚之后自己应尽的义务，需要承担的责任……否则，以后发生什么问题，那就追悔莫及了。为了这件事，我每天都思前想后，根本就睡不着觉。我总是觉得他们姐弟两个有些问题，因此我非常担心。无论是他们的言谈举止，还是他们的思维方式，都与别人存在着一定的差距。娃莲卡的性格太开朗了，她大声地谈笑，放肆地跳舞，如果与她结婚，谁能保证以后不会发生什么意外事故。'

"别里克夫觉得他的理由非常充分，所以就一直没有向娃莲卡求婚。校长太太和其他教师的太太看到别里克夫的表现后，都非常气愤，她们可不想让自己的努力付之东流。于是，她们继续展开行动，劝别里克夫尽早向娃莲卡求婚。别里克夫虽然没有向娃莲卡求婚，但是他仍然差不多每天都要和娃莲卡一起散步。他还像以前那样，跑到我家来，和我谈论婚姻家庭方面的事情。我觉得，他最终会去向娃莲卡求婚的。但是，一件非常荒唐的事情的发生，使得他没有向娃莲卡求婚。如果不发生那件事，恐怕我们就会促成了一桩非常愚蠢的婚姻了。在现实生活中，那样的婚姻屡见不鲜，这可都怪那些整天闲着没事可干的人们啊！需要指出的是，别里克夫虽然获得了娃莲卡的好感，但是娃莲卡的弟弟克瓦连柯很不喜欢别里克夫。从见到别里克夫的第一天开始，克瓦连柯就对这个古板又毫无生气的人充满了厌恶之情。

"克瓦连柯对我们说：'他是一个卑鄙的小人，一个喜欢打小报告的败类。我真想知道，为什么你们能够长期容忍他呢？先生们，你们看看你们的生活环境，这里的空气是多么污浊啊，你们怎么能够在这里生活呢？你们只是一群官吏，并不是教育家和教师。这里是城市警察局，警察亭子里那种又酸又臭的味道，这里也有。这里并不是科学的殿堂。同事们，我已经无法再继续忍受下去了。过不了多久，我就要离开这里，回到自己的田庄去。就算在那里教育孩子们，也比在这里好过百倍。总之，我肯定会走的，你们就继续待在这里吧！'

"有的时候，克瓦连柯会问我们：'没人邀请他，他为什么要来我家？他坐在那里什么也不说，到底想要干什么？'他把别里克夫称作'毒蜘蛛'。在他面前，我们都会尽量避免提及他姐姐要嫁给别里克夫这件事，以免引起他不高兴。有一天，校长太太用非常隐讳的话对他说，别里克夫是一个非常沉稳且善良的人，如果他的姐姐能够嫁给别里克夫，倒也是一件不错的事情。他听出了校长太太话中的意思，所以有些不高兴地说：'这和我有什么关系呢？她爱嫁给谁就嫁给谁吧，我才懒得去理会，就算她嫁给一条毒蛇，我也不会说什么。'

"我继续给您往下讲。有一个特别喜欢搞恶作剧的人，为别里克夫和娃莲卡画了一幅非常有趣的漫画。在那幅漫画里，别里克夫撑着雨伞，穿着套鞋在向前走。他的裤腿被卷了上去。娃莲卡挽着他的胳膊，与他一起向前走。那个人为这幅画配了一个题目，叫作'安特罗伯斯被甜蜜的爱情包裹着'。漫画里人物的神态，简直和现实中的别里克夫完全一样。这位画家还画了很多幅同样的漫画，后来很多人，包括中等师范学校的教师，所有男子中学、女子中学的教师都得到了这幅漫画。那位画家还没忘给别里克夫献上一幅。别里克夫收到漫画之后，感觉到非常痛苦。

"那一天是5月1日，星期天，春天到来，城外的景色非常不错。我们全校的师生打算去城外郊游。我们把集合的地点选在了校门口。我和别里克夫一起走出家门，向校门口走去。他阴沉着脸，好像非常气愤。'真是没有想到，这个世界上竟然存在着这样龌龊的小人。'他咬牙切齿地说。

"我觉得他有些可怜。正当我们继续往前走的时候，突然克瓦连柯和娃莲卡骑着自行车从后面追上了我们。娃莲卡的脸非常红，累得气喘吁吁，但是她非常开心。她冲着我们大声说：'今天真是一个好天气。你们慢慢走吧，我们先走了。'说完之后，她就加快了速度，很快就消失在我们的视野之外。别里克夫好像被刚才看到的景象吓呆了，他待在原地，一动也不动。过了一段时间之后，他才对我说：'您能告诉我，这究竟是怎么回事吗？是不是我的眼睛花了，没有看清楚？中学教师怎么能够骑自行车呢？女人更不能骑自行车啊，可是他们却都骑了，这可真是太过分了。'

"我对他说，这并不过分，这是他们的自由，如果他们愿意骑，他们就可以随便骑。'那可不行。'他大声喊道。他看到我的表情非常平静，就觉得有些难以理解，于是说：'您说得根本就不对。'他好像受到了强烈的刺激，也不想去郊游了，于是就一个人回家去了。第二天，他的表现很不正常，总是不停地搓着双手，脸色也非常难看。他没有上完课，就急匆匆地离开了课堂。以前这种情况，在他身上从未发生过。到中午时，他连午饭都没吃。傍晚时，他不顾夏天的炎热，穿上了非常厚的衣服，去了克瓦连柯家里。克瓦连柯一个人在家，他的姐姐有事出去了。克瓦连柯看到别里克夫后，有些不高兴，但他也无法直接把别里克夫轰走。别里克夫坐在克瓦连柯家里10分钟之后，终于开口说话：'有些事一直让我觉得心堵得慌，所以我才冒昧地来拜访您。最近一段时间，我的心情都非常不好。有个别无耻之人，竟然把我和您的姐姐画成了一幅非常可笑的漫画。他这是在诽谤、陷害我。我必须向您指出，这件事与我无关……我是一个非常正派的人，我平常的言行举止已经能够充分反映出我的为人了。'

"克瓦连柯什么也没有说，坐在那里听着别里克夫说个不停。他越听越生气，但是别里克夫仍然继续乱说。他用一种非常担忧的神情说：'这么长时间以来，我们一直在一起工作。作为您的同事，我有几句话要对您说。我看到您骑自行车了。作为一个年轻的教师，您怎么能够做出这种有碍观瞻的事情来呢？''我这样做怎么了，您为什么要这样说？'克瓦连柯没好气地问。'你怎么连这么简单的道理都不明白呢？米哈伊尔·萨维奇。学生们看到教师骑自行车，他们该怎么办呢？既然当局还没有正式批准这件事，那么我们就要以身作则，给别人树立起一个良好的榜样。昨天看到您的姐姐骑自行车从我面前经过，我简直被吓破了胆。一个姑娘怎么能够骑自行车呢？天底下还有比这更令人害怕的事情吗？'

"'您来到这里，说了一大堆话，到底是什么意思？'克瓦连柯问道。'米哈伊尔·萨维奇，我来找您没有别的意思，就是想要告诉您，您还年轻，以后还有很长的路要走，所以您要时刻注意您的言行举止，千万不能做出不符合常理的事情。可是您却总是粗心大意，放浪形骸。您出门时经常穿着一件绣花衬衫，手里还拿着书，这本来已经够过分的了。可是，您竟然还骑自行车。您和您的姐姐骑自行车这件事会传入校长耳中，还会传入督学耳中，结果将会对您非常不利。''我和姐姐喜欢骑自行车，所以我们就骑了，这件事关别人什么事。这是我们的私事，别人根本就无权干涉。'克瓦连柯非常气愤地说。别里克夫完全没有想到克瓦连柯会说出这样的话，所以他的脸色都被吓白了。他站了起来，说道：'您怎么能够说出这样无理的话来呢？既然您这样说，我也就不能再说什么了。不过，我希望您以后不要这样在我的面前谈论当局。我们都应该尊敬当局，我绝不允许别人对当局进行污蔑。''刚才我说了当局的坏话吗？我怎么不知道。不过，我希望您以后再也不要来这里打扰我了。我们之间根本就没有共同语言，而且我非常讨厌喜欢打小报告的人。'克瓦连柯看起来非常生气。

"别里克夫以前从来也没有听到过这样粗鲁无礼的话。他非常紧张，很快就穿好了衣服。'您爱怎么评论我，就怎么评论我，'他一边说一边往外走，很快就走到了楼梯口，'但是我必须警告您，或许刚才有人偷听了我们的谈话，如果他把这些话报告给当局，那么我们都得惹上麻烦。为了防止发生意外，我必须把我们此次谈话的主要内容报告给校长。这是我的责任，我义不容辞。''我明白了，你的老毛病又犯了，你又想向别人打小报告了。你愿意那样做，就尽管去做吧。'克瓦连柯非常生气。他跑出房门，从后面抓住别里克夫的衣服领子，稍微用力推了一下。别里克夫立即向楼下滚去。楼梯非常高也非常陡,他一直滚到最下面一层。让人感到不可思议的是,从那么高的楼梯上滚下来,他竟然没有受一点儿伤。他站了起来,摘下鼻子上架着的眼镜看了一眼。幸亏眼镜没有摔坏,这让他放下心来。可是,当他戴上眼镜之后,却看到了娃莲卡和两位太太站在他的面前。她们看到了他从楼梯上滚下来的整个过程。别里克夫立即感觉到,再也没脸在这个世界上活下去了。他宁愿摔死,也不愿意成为别人嘲笑的对象。他非常清楚,全城的人很快就会知道这件事。校长和督学也会知道。或许有人会再画出一幅新的漫画来。

"娃莲卡开始并没有认出他来。当他爬起来后,娃莲卡才看清了他的脸。她以为是他自己不小心从楼上摔了下来。看到他的套鞋和大衣都皱得不成样子后,她觉得非常好笑。于是,她就开怀大笑起来。她笑的声音非常大,整座楼都能够听到。

"她的笑声让她与别里克夫的婚姻泡汤了。此外,别里克夫的尘世生活也因此而中断。他已经看不到眼前的一切,听不到娃莲卡说话的声音。之后,他怀着非常沉重的心情,慢慢地走回家里。他看到桌子上放着的娃莲卡的照片后,觉得非常别扭,所以就收了起来。之后,他躺到床上,再也没有起来过。

"别里克夫的厨师阿伐纳西 3 天之后来找我。他说他家老爷出事了,问我是否需要请医生。听到这个消息后,我立即跑过去看望别里克夫。他躺在帐子里,用被子把身体蒙得严严实实的。当我问他话时,他除了'是'和'不是'之外,什么都不说。阿伐纳西看到他躺在床上的样子,非常着急,不停地叹气。他一定又喝了很多酒,因为他浑身上下都是酒气。

"别里克夫在一个月之后与世长辞了。师范专科学校，以及男子中学、女子中学的老师们都去给他送葬。我看到，躺在棺材里的别里克夫脸上还隐隐约约带着笑容，好像他终于实现了被装进套子里的理想。他的确实现了他的理想。在他下葬的那一天，连老天爷都感动得落泪了。那天上飘着蒙蒙细雨，所有参加他葬礼的人，都打着雨伞，穿着套鞋。娃莲卡也参加了他的葬礼。她的确是很喜欢别里克夫的，因为在他的棺材被埋进墓穴的时候，她非常伤心地哭了起来。我得出这样一个结论，娃莲卡要么笑，要么哭，除此之外，她再也没有其他情绪了。

"说实在的，我们都认为埋葬别里克夫这样的人是一件非常让人开心的事情。在葬礼结束之后，尽管大家都非常高兴，但是没有一个人把这种喜悦之情表露出来。在此后的一个星期里，大家都非常开心，因为我们获得了自由，我们获得了渴望已久的自由。可是，一个星期之后，我们的生活依然回到了以前那种让人厌恶、非常残酷的状态。那是一种让人感觉非常痛苦的生活，因为当局对好多事情虽然没有明确禁止，但是也没有放开过。虽然别里克夫已经死去，虽然我们已经把他埋进土里，但是这个世界上还有太多像他那样活在套子里的人，而且这种人永远也不会灭绝。"

"这就是问题的关键所在啊！"依凡·依凡内奇表示赞同。说完这句话之后，他又把烟斗装满烟并点着。

"套中人永远也不会灭绝啊！"卜尔金非常忧虑地说。之后，他走出了房间。他是一个矮胖子，留着一把大胡子，头顶上光秃秃的。他的两条狗跟在他的身后。他抬头看了一下天上的月亮，说："今天晚上的月亮可真漂亮。"之后，他又向右看去。整个村子都尽收眼底。

有一条四五俄里长的街，一直向村子延伸而去。此时万籁俱寂，听不到任何声音。在月色的笼罩下，那条宽阔的街道，街道两边的房屋，以及村子里的树木，都让人感受到另外一番景致。看着这样的美景，内心会变得非常平静。村子结束了白天的忙碌和喧嚣，此时看上去是那么的美丽，天上的繁星也都好像在深情地注视着它。之后，卜尔金又向村子左边望去。他看到了一望无际的田野，在月光的照耀下，这片土地同样非常美丽。

"这就是问题的关键所在啊！"依凡·依凡内奇反复说道，"我们生活的城市住着太多的人，空气是那样污秽不堪，这就是套子啊。玩'文特'牌戏，写一些没有任何意义的公文，这不也是套子吗？还有那些浪费我们时间的无聊女人和无所事事的懒汉，各种各样的诉讼，不都是套子吗？我现在给你讲一个很有深意的故事，怎么样？"

"还是明天再讲吧，现在该睡觉了。"卜尔金说。之后，他们走到屋子里面，躺到干草上，盖好被子准备睡觉。这个时候，他们听到外面传来一阵脚步声。不一会儿，脚步声消失了。之后，他们又听到了脚步声。狗随即也叫了起来。

"用不着担心，这是玛福拉的脚步声。"卜尔金说。之后，脚步声就消失了。

依凡·依凡内奇说道："如果你看到别人弄虚作假之后，却熟视无睹；听到别人说谎后，却充耳不闻，那么别人就会把你当成傻瓜看待。可是，为了能够吃得饱、住得暖，混得更好一些，你又只能在受人欺凌的时候忍气吞声，只能选择同流合污，不敢站到正直的人们的队伍之中。这种生活应该结束了！"

卜尔金非常平静地说："依凡·依凡内奇，您所说的，又是另外一件事了,时间不早了,还是早点儿休息吧。"很快,他就进入了甜蜜的梦乡。依凡·依凡内奇不停地叹气,他根本无法入睡。在干草堆上辗转反侧良久之后,他来到房门口,坐在那里点燃了烟斗。

变色龙

一只狗在闹市中咬伤了人,一名警官前来调解,于是一幕好戏上演了。狗主人的身份决定被咬伤的人是不是活该,一会儿有人说这是司令家的狗,一会儿又有人说不是……

奥楚蔑洛夫警官正从集市的广场上穿行过去,他身上穿着一套崭新的军大衣,手中还拿着一个小包。另有一名头发棕红的警察跟在他屁股后头,这名警察手上捧着一只粗箩,里头装满了他们刚刚收缴的醋栗。整座广场空荡荡的,不见行人的踪迹,也听不到有什么响声。各家商铺和饭店都将门大开着,看起来就如同无数饥渴的大嘴。它们显然对眼前这个世界毫无兴致,恹恹欲睡,尽管这个世界是由上帝一手缔造出来的。在这些店的周围,甚至连讨饭者的影踪都看不到。

就在这时,突然有说话的声音传到奥楚蔑洛夫耳中。只听有人说道:"你这该死的家伙,连人都敢咬!大伙儿可千万别叫它跑了!快点儿帮忙逮住它!这世道,居然还敢咬人!哎呀……哎呀……"

紧接着传来一阵尖锐的狗吠声。奥楚蔑洛夫循着声音瞧过去,见到有条狗从木柴场中纵身跃出。它一边靠自己那四条腿儿奔逃,一边还使劲儿扭回头去观望后面的情形。有个穿着花衬衫和没系扣的马甲的男人在它后头紧追着。忽然之间,他的整个身体都向前扑了下去,落地之后,顺势便将狗的后腿抓在了手中。有人大叫道:"别让它跑啦!"一时间,只听到人声与狗吠声搅成一团。从那些店铺中露出了无数张睡眼惺忪的人脸。很快就有一堆人仿佛是刚从地下爬出来一般,聚拢到了木柴场的门前。

那名警察说道:"长官,好像出事了!"

奥楚蔑洛夫向左稍一转身,随即朝那群人走过去。那个敞开马甲的家伙就站在木柴场的门前。奥楚蔑洛夫看到他正将自己的右手高举着,向那群围观者展示着自己右手那根流血不止的手指,如同高扬起一面凯旋的旗帜。他的面色表明,他喝了不少酒,已经处于半醒半醉的状态,他的面部表情无声地透露出这样一条信息:"你这个坏家伙,我非扒了你的皮不可!"这人正是首饰匠赫留金,奥楚蔑洛夫已经认出了他。一只毛发呈现白色的小猎犬就是这件麻烦事的始作俑者。小家伙长着一张小尖脸,脊背上生着一片黄色的斑纹。此时人们将它团团围住,它叉开两条前腿,哆哆嗦嗦地坐在这包围圈的中间位置,它的眼中噙着泪水,看上去煞是恐慌焦虑。

奥楚蔑洛夫挤进人堆,问道:"什么情况?你伸着手指在这儿干吗呢?刚才又是哪一个在大喊大叫?"

赫留金将手握成拳,搁到嘴边咳了一声,随即说道:"长官,我什么都没做,就是好端端地做自己的事儿。刚才我正为了木柴的事跟密特里·密特里奇商谈,没承想这个可恶的家伙照着我的手指就咬了下去……我是个手艺人,这一点您一定要体谅……我的工作可来不得半点儿马虎。受了这样的伤,我这根手指可能在一周之内都动弹不得了,我有权要求赔偿我因此遭受的损失……长官,谁也没规定人被畜生祸害了以后,只能忍气吞声,就算是在法律条文中也找不出这样的规定……如果狗可以随便咬人,那么大家又何苦活在这世上……"

"没错……是这么回事……"奥楚蔑洛夫的语气非常严肃,他咳嗽了几声,眉目也随即动了几下。"好吧,这条狗的主人是谁?我可不能对这样的事情坐视不理。那些家伙居然胆敢让自家的狗随意跑出来惹是生非,我非要给他们点儿厉害尝尝不可!这些不把法律放在眼里的先生们,是时候受点儿教训了!要想让这坏家伙了解到将狗这类畜生随意放出来的后果,就一定要罚款!说什么我都要让他受点儿教训……叶尔德林,"他对那名警察下达命令说,"这条狗的主人究竟是谁，你去调查一下，然后回来向我汇报！这条狗十之八九是条疯狗，一定要打死它不可。马上就开始！……喂，你们这些人，知不知道这条狗到底是哪一家的？"

人群之中传来一个声音说道："这好像是席加洛夫将军家的那条狗！"

"席加洛夫将军家的狗？哦！……叶尔德林，帮我脱下这件大衣……今天的气温真高呀！看来下一场雨已是迫在眉睫了……另外，我还有个问题搞不清楚，"奥楚蔑洛夫问赫留金，"这条狗是如何咬到你的手的？"

"你的手指它能够得着吗？你看你的身材这样高大，可这只狗却这么小！想来你是不小心用钉子划破了自己的手指，为了讹人家狗主人的钱，便胡编乱造出这样的借口来。像你这样的家伙……有哪个人不清楚你的做派呀！你们这帮恶棍，甭想蒙骗我！"

"长官，这家伙逗那条狗玩儿，把雪茄都按到了狗的脸上。那条狗又不傻，就在他手上咬下去了。长官，这家伙真是无聊得很啊！"

"瞎说什么呢，一只眼！你有什么资格在这里胡说八道，你压根儿连东西都瞧不见！我们之中哪一个说的话对得住天地良心，哪一个是信口开河、胡编乱造，都瞒不过长官这一双慧眼……如果我有半句谎言，那么调解法官尽管来判我的罪。相关的条款都在他的法律文件上清清楚楚地写着呢……在当今社会，人人平等……我弟弟就是个宪兵，这件事我也不对您藏着掖着了……"

"行啦，别说这些没用的了！"

这时，叶尔德林若有所思地说道："这不是将军家的那条狗，不是……将军家的狗多数是那种很大的猎狗，怎么会有这种狗呢？"

"你能确定吗?"

"长官,我能确定……"

"我一早就知道是这样的。将军家的狗全是名种狗,哪像这条狗啊,瞧它像个什么玩意儿!不过是一条劣等狗罢了,长得这么丑,毛发的颜色也这么糟糕……这样一条狗会是将军家的?!你到底有没有长脑子?一条长成这种模样的狗,如果出现在莫斯科或是圣彼得堡,你们知道它会有什么样的下场吗?不一会儿,它就该没命了,要知道住在那里的人才不把法律放在眼里呢!赫留金,您遭受的损失,我不会坐视不理的……该让他们尝尝厉害了!……"

叶尔德林这时又说道:"但是这条狗又没在脸面上明确地写出来自己不是将军养的,其实说不定它就是将军家的……前些日子,我看到过一条差不多的狗,就在将军家的院子里。"

人群中有个声音附和道:"可不就是将军家那条狗嘛!"

"哦!……来,叶尔德林,再帮我把大衣穿起来吧……应该是开始刮风了……一下子又变冷了……你去将军家打听一下,把这条狗一块儿带上……我找到了这条狗,然后委派你送它回去,你就这样跟将军说好了……另外,你还要告诉将军,别再叫它到街上随意跑动了。说不定这还是条名种狗呢,如果那些蠢猪们个个都把雪茄捅到它的面孔上,很快便会把它给摧残死了。狗这种动物,其实是很娇贵的……你,蠢猪,快放下你的手!一切都是你自作自受!你少在这里显摆你那愚不可及的手指!……"

"那不是将军家的厨子吗?不如向他问个清楚吧……普洛诃尔!亲爱的!你能不能过来一下?过来瞧瞧这条狗!……这条狗是不是你们家的?"

"谁说是我们家的？这种狗从没在我们家出现过！"

奥楚蔑洛夫说道："那就帮我们省下不少力气了，不用去打听啦，这肯定就是条野狗！肯定就是的……我说它是，它便是啦！……来，我们把它宰了好啦！"

普洛诃尔说道："我们家是没有这样的狗，这条狗是将军的哥哥养的。就在几天以前，他来到了这边。这样的狗不合我家将军的胃口，但是将军的哥哥却特别喜欢它……"

"将军的哥哥乌拉吉米尔·伊凡尼奇到这边来啦？"奥楚蔑洛夫的脸上堆满了笑容，"天哪，这真是件大事呀！我居然对此一无所知！他来这里是要住上一段时间吗？"

"是要住一段时间。"

"天哪，这真是太好了！……他想念自己的弟弟啦……我竟然一无所知呢！这条狗原来是他老人家养的。原来如此啊！……好啦，你带它回去吧……这真是个聪明的小家伙呀，瞧它咬破了这头蠢猪的手！真是太好笑啦！……喂，你哆嗦什么呀？……哦，这小家伙发怒啦！这个小坏蛋，真是好样的……"

普洛诃尔叫过那条小狗，随即带它从木柴场这边离开了……余下的那堆人开始冲着赫留金大笑起来。

奥楚蔑洛夫要挟他说："你等着，迟早我要修理修理你！"说着，警官便裹紧了自己的军大衣，从广场上穿行而过，离开了此地。

姓马什么

将军牙痛难忍,管家便向他推荐了一个会念咒语治牙痛的税务官。可是在与此人联系时,管家却忘了他的姓氏,只记得与马有关。于是,关于这个姓氏,将军家里上下展开了大讨论。

卜尔杰耶夫这位已经退役的将军，最近牙痛得要命。为此，他不知尝试了多少方法：把棉花用酒精泡过以后，塞进耳朵里；把碘酒擦到自己脸上；把大烟、松节油、煤油、烟油涂到自己痛到不行的牙上；用白兰地和伏特加做漱口水。可惜这些法子全都无济于事，甚至还会让他有想要呕吐。后来，大夫上门来问诊，将他那颗牙敲敲打打折磨良久，最后还给他开出了奎宁。即使如此，他的牙痛依然没有缓解的迹象。大夫叫他干脆拔了这颗牙一了百了，哪知却遭到了他的严厉拒绝。将军的太太和子女，还有用人们对此都非常焦虑，就连厨子那个名叫别其卡的小学徒也不例外。大家为将军提供了五花八门的医治方法。而将军府上的管家伊万·耶夫谢伊其则献计说，念咒语说不定可以帮助止痛。

管家说："大概在十年以前，我们县有个名叫雅科夫·瓦西里耶维奇的税务官员，他非常擅长用念咒语的方法医治牙痛，简直太妙了。只要他转身对着窗口轻声念上几句，再吐一口唾沫，便可以马上将牙痛治愈了！有传言说，他一出生就拥有这种本领了……"

"他现在在哪里呢？"

"他好像已经不做税务官员了，人家将他辞退了。他现在住在他的岳母家中，就在萨拉托夫。他医治牙痛可说是手到病除，所以很多人在牙痛的时候都会到那边去找他……住在萨拉托夫的本地人，可以直接去他家求医。如果是外地人想求医，可以发一封电报给他。老爷，您也可以给他发一封电报，而且要加急的那种，电报上就这样写：阿列克谢，饱受牙痛困扰，期盼能得到您的治疗。您可以用邮局汇款的方式,将医疗费汇给他。"

"这根本就是个骗局!简直是一派胡言!"

"老爷,您还是试一下吧。那人的确本领非凡,虽然他已经和他太太分居了,跟一个德国妞在一块儿,又经常喝酒,整天骂骂咧咧的,不过这对他高超的本领可没有丝毫影响!"

将军的太太也劝道:"你就去发一封电报好不好?虽然你对咒语这档子事完全不相信,但是我不这么看,我曾亲身经历过这种事。再说了,打电报不过是举手之劳,你也不会因此丢了你的手。"

卜尔杰耶夫总算答应下来,他说:"行啦行啦,我去就是了。不过接收我这封电报的人除了那名税务官员以外,恐怕还包括恶魔吧!……啊呀!啊呀!我的牙要痛死了!那家伙住在什么地方,快点儿告诉我!我该如何填写收电报人的地址呢?"

将军坐到桌子前,将笔握在手中。

管家答道:"他的大名在萨拉托夫无人不知,无人不晓,就连狗都不例外!所以,您只要写一个萨拉托夫,然后加上他的名字就行了。他的名字叫做雅科夫·瓦西里耶维奇……"

"他的姓氏呢?"

"雅科夫·瓦西里耶维奇……至于他的姓氏,哎呀,他的姓氏是什么呀?我居然不记得了!雅科夫·瓦西里耶维奇……他的姓氏究竟是什么?糟糕!我明明在来这儿的路上该记得一清二楚……给我点儿思考的时间啊……"

伊万·耶夫谢伊其抬头瞧着天花板,同时嘴巴不住地翕张。将军和太太心焦似火,却也只能耐着性子等候。

"我就快想到了……雅科夫·瓦西里耶维奇……雅科夫·瓦西里

耶维奇……我居然还是不记得他姓什么！他的姓氏并不罕见……应该是姓马什么……纵马琳？听起来也不像。好像……好像叫作公马波槽福。啊，这个也不对。他的姓氏的确牵涉到马，但究竟叫马什么呢？我居然一点儿都想不起来了，真是太蠢了……"

"公马柔尼科夫？"

"不是的。他姓……母马柔尼科夫……母马贝利岑……狗倍烈夫……"

"狗跟马有什么关系？你干吗又说到狗身上了？是不是小马布奇科夫？"

"不是小马布奇科夫，不是……马沙克夫……马沙基宁……小马步金……不对，一个都没猜中！"

"你怎么搞的？快使劲儿回想一下！你要是想不出来，我不就没法给他打电报了吗？"

"没错，我再想想，再想想。母马贝尔金……母马诺伊……马沙得金……"

将军太太插话道："是拉车马尼克福吗？"

"这个肯定不对。那是什么呢？哎呀，我怎么就是想不起来呢？"

"你给我献了这么个烂法子，却又不记得那家伙到底姓什么！去你的！你赶紧从我面前消失！"

管家伊万·耶夫谢伊其只得慢慢地退了出去。将军继续留在房中，捂住自己的脸，来来回回地踱步。

他痛得不堪忍受，不由得失声痛叫："天哪！哎呀！哎呀呀！上帝啊！哎呀！痛得要了我的命啦！"

管家极力想要记起那名税务官员的姓氏，于是来到院子中，仰起头来望向高空。

"小马布克夫斯基……小马布奇科夫……小马宾可……哎呀，全错了！马沙杰维其……马沙金斯基……小马科维其……母马李昂斯基……"

这样想了一阵子，有人便奉将军之命，过来带他回到了屋子里。

将军问道："记起来了没有？"

"老爷，我无论如何都记不起来了。"

"那是不是骏马夫斯基？要不就是好马得尼克福？"

将军府上的所有人全都开始绞尽脑汁地思考，无数马姓从他们口中冒出来。从马的年纪、性别、种类，到马蹄子、马鬃毛、马鞍，以至于马缰绳，等等。大家步履匆匆地穿过院子、花园、厨房，还有用人们的住处，绞尽脑汁思考着那名税务官员到底姓什么……

将军每过一阵子就会把管家叫进来。

大家问道："是不是群马诺夫？要不就是马蹄倍京？小马博夫斯基？"

伊万·耶夫谢伊其答道："不是，全都不是。"他抬起头来，翻着白眼，将自己心里正在思忖的几个姓氏念出来："骏马宁克……马岑可……小马别耶夫……母马烈耶夫……"

这时，有吵嚷声从小孩子们的卧房中传了过来："父亲！是马缰绳届其金！三套马衣金！"

将军家里上上下下闹成一团，乱得不可开交。将军已经牙痛到了无法忍受的地步，遂宣布任何人只要能想出这个马姓，便可以得到五卢布的赏金！这个消息一经传出，便有一堆人追随在伊万·耶夫谢伊其身后。

这帮人吵吵嚷嚷地说道:"是快马希斯德乙!枣红马多福!要不就是好马济慈基!"

大家苦思冥想着这个姓氏,等到黑夜降临之际,依旧一无所获。电报自然也没有发出去,将军无计可施,只好跟他的太太去休息了。管家和用人们也都各自散开,回去睡觉了。

将军彻夜难眠,一面痛得哼哼不止,一面在房中来回踱步。凌晨两点多的时候,他出了自己的房间,来到管家所在的那间房,将他的窗户敲响了。

将军问道:"是阉马美利耶夫吗?"听他说话的腔调,都快要哭了。

伊万·耶夫谢伊其深感愧疚,叹息道:"老爷,不是啊。"

"那家伙的姓氏,说不定压根儿就不牵涉到什么马呢!"

"老爷,我的印象非常深刻,他的姓氏的确是牵涉到马了。"

"你这个糊涂蛋!……哎呀,我牙痛得就快不行了!眼下这个姓氏对我而言就是天底下最为珍贵的东西啊!"

将军在早上的时候,再次派人将大夫请来了。

这一回,将军终于做出了决定:"我再也熬不下去了,直接叫他帮我把这颗牙拔了好啦!"

大夫帮他把那颗牙拔掉了,他的牙痛马上就消失了。将军的情绪随之缓和过来。大夫收了出诊费,便搭乘马车回去了。走到将军家门外的不远处,大夫看到将军的管家伊万·耶夫谢伊其正在路旁站着,视线低垂,若有所思。显然,他正在思考的是一件天大的愁苦事,瞧他的眉头皱得多么厉害,还有他那双眼睛……

他咕哝道:"马肚带尼克福……马沙慈济……黄骠马部诺拉

夫……马套伯宁……"

大夫说："伊万·耶夫谢伊其！请问您能卖五俄石燕麦给我吗？虽然我住的那地方也有卖燕麦的，但是质量跟你的完全不可同日而语……"

伊万·耶夫谢伊其并不答话，只是出神地望着他。忽然，伊万·耶夫谢伊其发出了一声诡异的笑声，然后拍了一下手，径直飞奔回将军的府邸。他就像在被一只疯狗猛追一样，奔跑的速度无比惊人。

他冲进将军的房间，用激动得变了调的声音狂喜地高叫道："老爷，我记起来了！我记起来了！他姓燕麦奥夫索夫！那个税务官员姓燕麦奥夫索夫！燕麦奥夫索夫！上帝保佑他，可不要让他的身体出什么岔子呀！燕麦奥夫索夫！老爷，马上发一封电报给这个燕麦奥夫索夫吧！"

将军不屑道："滚蛋！"他朝着伊万·耶夫谢伊其的面孔做出一个侮辱的手势——将拳头攥紧，自中指与食指的指缝间露出大拇指来，他一面晃动着这只手，一面说道："你那马姓我再也用不着了！你马上滚蛋！马上！"

个人修养

一名生意惨淡的牙医向一名生意兴隆的同行请教,对方提出牙医需要在医术之外增强个人修养。然而,究竟什么是"个人修养"?牙医给出的答案令人吃惊。

一个身材矮小但身强体壮的男子期期艾艾地说："奥希浦·弗朗齐戚，我简直太不幸了，居然选择做牙医！"说话这人嘴边蓄着花白的胡须，不过，这胡须看上去疏疏落落的，像是拔掉了其中一部分。他的大衣已经掉了色，靴子也有明显的缝补过的痕迹。这会儿，他正瞧着自己身边的那位朋友，眼睛里充满了讨好的意味。他的朋友是个日耳曼人，长得非常胖，口中衔着一根哈瓦那雪茄，身上穿着崭新名贵的外套。"简直太不幸了！情况居然会演变到这种地步，谁能想象得到呢！真正的原因真是鬼才知道，可能是我的才能不足，也可能是如今牙医泛滥，数量甚至超过了牙齿的总数……谁能猜透幸运之神心里在想些什么呢。就拿您来说吧，我们两个的现状可谓是天差地别，但是回想从前，我们同样毕业于那所专科学校，之后又同样师从于那个名叫别耳卡·施瓦赫尔的犹太人。可瞧瞧眼下，我一文不名，穷困潦倒，您却拥有两套房子，另外还有别墅，借助四轮马车代步。这种强烈的反差究竟是如何出现的，个中原因您清楚吗？"

从专科学校毕业时，这个名叫奥希浦·弗朗齐戚的日耳曼人蠢得就像一根木头。然而，当初那个蠢蛋已经跟眼下的他不可同日而语了。现在，他发了福，经济富足，且手握多处房产，这使得他信心满溢。他认为自己充分具备了这样的资格，可以在说话的时候采取一种高高在上的姿态，可以随意谈论任何事，指责任何人的过失。

奥希浦·弗朗齐戚叹息一声，用毋庸置疑的语气做出了这样的答复："一切过失都应归咎于自己。彼得·伊利依其，是你一手造成了这样的天壤之别。我这样说，请你别动怒。像我们这种专业人士，之所以会事业失败，原因就在于个人修养的匮乏。无论是在过去、现在，还是将来，我都将坚持这种观点。我们总是将所有的精力都用在对专业技能的研究方面，却彻底忽视了除此之外的一切修养。这是行不通的，兄弟！这简直糟糕透了！你觉得只要自己能拔牙，便可以造福这个社会了？哎呀，兄弟，简直大错特错！眼光如此浅薄的人，能做成什么大事呢？根本就没可能啊，连半分可能性都没有！要想成功，就一定要具备相应的个人修养！"

彼得·伊利依其赔着小心问道："个人修养是指什么呢？"

奥希浦·弗朗齐戚很难马上想到合适的答案，便顾左右而言他，敷衍了过去。等几杯葡萄酒下肚以后，他又来了兴致，开始详细解答这位俄罗斯的牙医同事有关何谓"个人修养"的疑问。他的答案迂回婉转，兜着好大的圈子，而非开门见山，直奔主题。

他口若悬河地说道："由于大家在对某人做出判断时，通常的依据都是他所处的环境。因此，良好的环境对我们牙医而言至关重要。一个门面狭窄，陈设寒酸，凌乱龌龊的牙医诊所，无疑是将'贫穷'两字挂到了牙医的脑门上，同时也宣告了这名牙医低劣的医术。怎么，你觉得不是这么回事？你想，倘若这是一名医术高超的牙医，会沦落到如此窘迫的地步吗？病人在看到这种情况之后就会想，我干吗要向你这样一个医术低劣的牙医求诊呢？去找医术高超的医生求诊才是正确的选择！但是，你如果将自己诊所的硬件条件改善一下，换上表面覆盖着丝绒的高档家具，再安装许多闪闪发光的电铃，这样一来，病人就会觉得你是一个医术高超的医生，会源源不断地涌到你的诊所里来求诊。要知道，眼下很容易就能配备一整套高档的家具，让诊所的面貌焕然一新。现在家具行业普遍不景气，想赊账是很容易的事,只要你将'医生'这个称谓在账单签名上标明,便基本不会有赊账的上限,就算你想先赊价值十万卢布的家具,也是很容易就能实现的。另外,你一定要穿着体面。要是你的诊所硬件条件很差,而你的衣衫也是混乱不堪,那么绝大多数病人都会认为,要向你这样的牙医支付医疗费,只需要一个卢布便绰绰有余。然而,若是你的诊所中摆满了表面覆盖着丝绒的高档家具,而你的鼻梁上又架着一副金边眼镜,身上还佩戴着粗重的金表链,在这样的情况下,病人肯定会支付给你五卢布甚至是十卢布的医疗费。因为若是只付给你一卢布的出诊费,连他们自己都会觉得说不过去。实情就是如此,你有什么异议吗?"

彼得·伊利依其赞同地说:"的确如此……其实,我之前也曾经致力于改善诊所的硬件条件。我铺好了丝绒质地的桌布,将贝多芬的画像挂到了镜子边,为了帮病人消磨候诊时间,我还在候诊室中放好了杂志,一切都准备好了。但是,不知何故,当我身处那样一间装修考究的诊所中时,心里老是有种惴惴不安的感觉,真是傻透了。我觉得这里压根儿就不像是属于我的诊所,眼前的一切似乎都是通过偷窃得来的。这究竟是怎么一回事,我实在搞不清楚。多奇怪啊,每次我一坐到那张丝绒椅子上,都会觉得非常忐忑,无论如何都不能继续安然地坐在那儿。另外,我的太太也非常差劲,净给我找麻烦。诊所的清洁卫生应该如何维持,她一点儿头绪都找不着,真是个愚蠢透顶的女人啊!她要么在病人正在诊所求诊时,就开始擦地板,要么让整间诊所都充斥着烤鸭的味道或是白菜汤的味道,要么在打磨烛台的时候,直接用砖头作工具……她究竟是怎么搞的,谁能弄明白呢?后来,我就卖掉了诊所中所有的高档陈设,之后终于找回了先前的感觉。不管你是否相信，但事实就是如此。"

"显然，你对于高档生活很不适应……可是这样下去可不成啊！你必须学会适应！另外，你一定得在诊所门前安装一个牌子，这一点与改善诊所内部的环境同样重要。牌子应该尽量做得大一些，没名气的诊所才更需要大招牌。想必你对此应该没什么异议吧？诊所的牌子应该大到叫人隔得老远便能注意到才行，这里所说的'老远'甚至要远到出了城。当你坐车前往莫斯科或彼得堡的时候，便会看到牙医的招牌比钟楼还要醒目。朋友，那种大城市里的牙医行事的确与我们截然不同。你要是希望被人们认定为权威，那么便很有必要在诊所的牌子上画上金色或银色的圆形图案，好像奖章一样，这样一来，便会给人一种你曾得过奖的错觉。当然了，刊登广告也是非常有必要的。你无论如何都要将自己诊所的广告刊登到报纸上，就算要为此将自己唯一的裤子卖掉也是值得的。你诊所的广告应该将各种各样的报纸覆盖齐全，并且天天都要刊登，不可有一日错漏。一般的广告，你若是感觉没有什么效果，那么可以做一些新尝试，以便能在众牙医中脱颖而出。例如，你可以在镶有花边的版面上刊登广告，也可以将广告倒过来刊登在报纸上。你要在广告中表明，自己是从国外学成归来的。还应表明，如果病人实在是身无长物，可以免收医疗费，这个规定对于穷学生也一样适用。除此之外，你也不要放过饭馆、火车站之类的公共场所，一定要将广告张贴得到处都是。总而言之，这样的方法真是多得数不胜数！"

彼得·伊利依其发出一声叹息，说道："的确是这样！"

"此外，很多人都认为，牙医在接待病人时的态度如何，并没有什么区别……显然区别是存在的，因此，这种说法非常不可取！在接待病人时，一定要有良好的技巧……如今的病人跟以前一样，依旧是一帮粗鲁的家伙，没什么头脑，尽管他们读了多年的书，还是无法改变这种情况。你要想迎合他们并不是容易之事，因为连他们自己都不明确自己的需求。如果你不能迎合他们，就算你是个医术高超的教授，他们也不会在你这里看病，他们宁愿去求助于一个医术平庸的大夫……举个例子，要是我的诊所里来了一位夫人，老老实实地给她看病，行吗？显然不行，怎么也得搞点儿花哨的玩意儿才成！在见到她的那一刻，我一言不发，眉头紧蹙，只是伸手往椅子的方向上一指，那模样就跟个专家一样。我的目的就是让她了解，像我这种学识渊博、医术高超的大夫一向时间紧迫，绝无与人闲谈的空闲。而且我在她坐的那把椅子上安装了螺旋，这样一来，那就不是一把普通的椅子了。我控制着螺旋，让她的位置起起落落。之后，我便去查看她那颗有毛病的牙齿，并且要不慌不忙，煞有介事地研究良久。尽管医治那颗牙齿的方法再简单不过，直接拔掉就行了，但是由于这些夫人向来希望医生能花费更长的时间来为她们诊断，所以我会反反复复地将窥视镜伸进这位夫人的口腔，持续次数高达十余次。若是她痛苦地尖叫起来，你便可以对她说：'夫人，请您务必对我保持信任，您要相信我一定会竭尽全力帮助您减轻病痛，这也是我身为一名医生的责任所在。'你就假装自己正在演绎一出悲剧，务必要用一种严肃悲哀的口吻说出这些话。另外，我会在那位夫人眼前的这张桌子上摆满各种各样高深莫测的物件，比如人的骨头，像头骨、下颌骨等等，用小瓶包装的麻醉药，以及形式各异的医疗器具，等等。我就像法官一样，穿着一袭黑色的长袍。另外，我还将一台能够释放一氧化二氮的仪器安放在病人的椅子旁边，尽管我从来没有真正使用过那台仪器，但是它却足以令病人望之色变，这样便足够了。我老是用超大的钳子为病人拔牙。因为病人的畏惧心与工具的体积成正比，如此庞大的拔牙工具，更容易叫病人产生强烈的畏惧心理，因而也更容易取得良好的效果。我在为病人拔牙的时候，绝不婆婆妈妈，通常都是直截了当，迅捷无比。"

"奥希浦·弗朗齐戚，我拔牙的技巧也很好啊，可惜不知何故，总是出状况。在拔牙伊始，我的头脑会忽然不受自控，闪过一个念头：若是这颗牙没有拔出来，甚至是直接碎掉了，那我该如何是好？我一面这样想着，手就开始哆嗦起来，完全控制不住。我时常会遭遇这样的状况。"

"病人的牙齿如果碎掉了，错可不在你啊。"

"尽管如此，我还是怕得要命。人最怕的就是对自己没信心。一个人要是没自信，更有甚者，直接对自己的能力提出质疑，那么最终只能一事无成！记得有一次，我找准了位子，便将钳子伸进去开始拔牙……我用力拔了好一阵子，忽然之间觉得自己用的时间是不是过长了。这颗牙早就该拔出来了，但我却仍处于拔牙的过程中。我觉得非常惶恐，一下子就呆住了。跟着，我又闷头继续拔起来，全然不记得在这样的情况下，要先将手放开，再从头开始拔。我根本就已经吓傻了！当时我的面色一定很怪异，那名病人可能也看出来了，他认为我在拔牙的时候迟迟疑疑，明显气力不足，不禁急痛交加。他纵身跃起，以凳子做武器，冲着我就砸了下来。还有一次，我稀里糊涂就将病人的一颗好牙拔下来了。因为我当时脑子里一团糨糊，竟然分不出哪颗是好牙，哪颗是坏牙了。"

"任何人都会犯错误嘛，这没什么。你应该这样想，自己连好牙都能拔出来了,更何况是坏牙呢?当然了,你有些话还是很有道理的,人绝对不能对自己没有信心。一个人如果受过高等教育,便会在自己日常的言行之中有所展露。我们没读过大学这件事,旁人并不了解。他们只觉得开设诊所的全都是医生,不管是我还是你,又或者是包特金,我们全都是医生。鉴于此,你一定要表现出一名医生应有的言行举止。你要是能出版一本小书就好了,题目就叫《如何保护你的牙齿》。这样一来,你便能够向人们表明自己是一个学识渊博的人。如果你写不出这样一本书,那也无妨,花上十几卢布,请个大学生帮你写就行了。除了正文之外,他还会帮你写一篇序,并在里面引用不少的名人名言。这样的小书,我已经出到第三本了!除了这些,还有什么要求呢?哦,你要研究一种牙粉出来。你需要定做一些小盒子,当然了,盒子上要印上你的商标。你将牙粉装在盒子里,并密封起来,标明:'两卢布一盒,谨防造假!'另外,你要研究某种药水出来,宣称它对牙齿具有保护作用,就以'酏水'来命名它吧。当然,这种'酏水'不用多么复杂,只要任意拿种东西跟水兑一下,能释放出一种芬芳的气息或是呛人的辣味就行了。尽量不要以整数定价,你可以将'酏水'一号定价为77戈比,同时将'酏水'定价为82戈比。这样定价既让人有种深不可测之感,又非常简单易行。哦,你也可以售卖标有你的品牌的牙刷,每支牙刷定价一卢布。对了,我售卖的牙刷你看到过吗?"

彼得·伊利依其的情绪异常激昂,他伸手在自己的脑袋后头挠了几下,跟着便在自己这位日耳曼同行身旁来回踱步……

他用手比画了一个动作,说道:"原来如此!您真是太有能耐了!可惜我不行啊,我实在是做不出这样的事来!当然了,我这样说并不是因为觉得您这样做有失妥当,是一种欺诈行为,而是我实在是想得到却做不到。先前我已经尝试了无数回,但是没有一回不以失败而告终。您现在收入富足,衣着华美,甚至有多处房产!与此同时,我竟在被病人用凳子收拾!个人修养的匮乏的确很糟糕,哦,简直就是糟糕透顶!奥希浦·弗朗齐戚,您这句话简直就是真理啊!"

未婚夫与好父亲

这篇小说讲述了一个父亲千方百计将自己女儿嫁出去的故事。这个人亲自选定了未来的女婿,但这名"准女婿"并不想娶他的女儿,只得千方百计来抹黑自己,以此打消对方的念头。最后双方之间开始了一场拉锯战。

舞会正在别墅中进行得如火如荼，忽然有个相熟的人向彼得·彼得洛维奇·弥尔金问道："听说您就要结婚了，那告别单身派对在哪一天举行啊？"

听到这样的问题，弥尔金不禁大怒："我就要结婚了您是如何得知的，是谁跟您说的，究竟是哪个混账玩意儿？"

"所有人都这样说呀，就算没人说，单是您的日常表现也已将这件事表露无遗了……朋友，用不着再掩饰什么了……我们一早就了解到事实的全部了，您不要觉得我们还被蒙在鼓里……嘿嘿……您的日常表现无一不在向大家泄密……您总是在康德拉什金家中一待就是一整天，午餐和晚餐都在她家享用，还为她演唱情歌……您陪着娜斯简卡·康德拉什金漫步，至于别的姑娘，您哪一个都不陪。您还给娜斯简卡送花，至于别的姑娘，那当然是连您的一枝花都得不到。您甚至还拉着娜斯简卡跑进了……先生，这一切可都没能逃过我们的眼睛啊！就在几天之前，我跟康德拉什金遇上了，他跟我说你和娜斯简卡已经商量好了一切，从别墅返回以后，马上就要结婚了……是这样吧？上帝一定会保佑你们两个的！我真是太开心了，这不仅是为您，更是为了康德拉什金啊！想想康德拉什金家里总共有七位千金！七位啊！能及早嫁出去一位是一位啊！要不然七位待嫁的千金可真是个大麻烦呀……"

弥尔金心想："真是奇了怪了……加上他，总共有十个人跟我说出这样一番差不多的话。他们做出这样的判断，到底有什么确凿的依据啊！简直不可理喻！难道依据就是我整天待在康德拉什金家用餐，又陪着娜斯简卡去漫步……这样下去可不行啊，澄清这个谣言已经迫在眉睫了。如若不然，这些家伙说不定真要硬逼我娶了娜斯简卡呢……不行，我明天就得去找康德拉什金，我得跟那个笨蛋说个明白，断了他的奢望。这样一来，我也好及早逃出去啊！"

翌日，弥尔金来到康德拉什金家别墅的书房中拜访。他觉得浑身不自在，并且心中隐隐感到惶恐不安。

七品文官康德拉什金见到是他，便热情地欢迎道："彼得·彼得洛维奇，你好啊！最近过得还好吗？亲爱的，有没有觉得很无聊？哈哈……没关系，娜斯简卡就快回来了……她只是到顾谢弗家走一趟，用不了多长时间的……"

弥尔金尴尬地使劲儿揉搓着自己的眼睛，费力地解释道："其实，其实，我、我并非为找娜斯简卡而来的。我今天来，只是为了找您……有件事我一定得跟您说清楚……啊，我的眼睛里这是进了个什么东西呀……"

康德拉什金眨眨眼说道："您要跟我说哪一件事啊？呵呵……亲爱的，不要不好意思。要知道，你可是个男人啊！哎，你们这些小伙子呀，我真是不知道该拿你们如何是好了！你要说的那件事我已经明白啦！哈哈……其实我们一早就应该……"

"老实跟您说，其实我是……鉴于某个特殊原因，我今天……特意来跟您辞行……我打算明天就离开这里……"

"您在说些什么？您打算离开这里？"康德拉什金吃惊地睁大了眼睛。

"这件事很容易理解……就是我打算从您家里告辞了……多谢您一家人对我的款待，非常感谢……您家的千金们全都是可人儿……我想我会一直铭记这段日子，永世不忘……"

康德拉什金的面孔都涨红了，他说："先生，请慢……您这话我不是很理解……任何人都可以选择从我家里离开，您也是一样，这是您的权利，我无权阻拦……但是，先生您其实就是想不负责任地一走了之……先生，您这样做可不厚道！"

"我……我怎么了，什么叫做想不负责任地一走了之？"

"今年夏天，您每天都会到我家里来，跟我的女儿们谈天说地，白吃白喝，叫我们不能不因此产生某种憧憬。但是，您现在冷不丁就跟我们宣布一声：'我打算离开这里！'"

"我……我如何叫人心生憧憬了……"

"没错，您是未曾开口向我的女儿求婚，但您的目的不是已经在平日的言行之中表露无遗了吗？您天天到我家里用餐，晚晚与娜斯简卡牵手而行……您敢说您这样完全就是无目的的吗？能终日在人家家中混吃混喝的就只有未来女婿，我之所以会整天让您在我家里白吃白喝，不就是认准了您一定会成为我的女婿吗？您真不是个厚道的人，一点儿都不厚道！算了，不管您再说什么，我都不愿再听了！您必须要向我的女儿求婚，要不然我便只好……做那件事了……"

"娜斯简卡非常不错……是个讨人喜欢的可人儿……对于她，我非常敬重，并且……我觉得她一定会成为世间最好的太太，但是很可惜……我跟她在很多方面都有着不同的意见。"

听了这话，康德拉什金不禁笑逐颜开，他说："你就是因为这个才这样说的呀？亲爱的，老公跟老婆的意见哪能全都相同呢？你可真是个小伙子呀！思想这么不成熟！说到意见之类的话题，就情绪激动……哈哈哈……其实这有什么呀，就算你们现在有很多分歧，但是在结婚之后，用不了多久，一切分歧都会逐渐消除了……要知道，路刚铺好的时候，走起来可不平坦，不过等大家你来我往走上一段日子以后，就变得平坦啦！"

"的确是这个道理，不过……不过，我实在高攀不起娜斯简卡……"

"高攀得起！高攀得起！像你这样优秀的小伙子，哪里高攀不起啊！"

"对于我的缺陷，您还没有全面了解……其实我是个穷光蛋……"

"这有什么呀！您不是每个月都会发工资吗，这不就行啦……"

"我还……酗酒……"

"没这回事！我可从来没看到您喝醉酒！"康德拉什金摆手说道，"哪有小伙子不喜欢多喝两杯呀……要知道，我也是从那个阶段走过来的。年轻的时候免不了偶尔多喝几杯……"

"但是我们家世代酗酒，遗传的毛病是改不了的。"

"无稽之谈！像您这样的年轻人，生机盎然，怎么可能忽然之间就变成了酒鬼？简直是一派胡言！"

弥尔金暗想："要骗倒这个老家伙可真不容易啊！他是铁了心一定要嫁掉这个女儿呀！"想到这儿，弥尔金又高声道："我的缺点不止这些呢，我还收受贿赂……"

"这世上哪有不收受贿赂的人呀？你这小家伙，哈哈，真是少见多怪！"

"但是我现在还不能结婚，因为我尚不了解自己会迎来怎样的判决结果……其实我一直对您隐瞒了一件事，眼下，我决定向您坦白……其实我……我最近官司缠身，罪名就是挪用公款……"

康德拉什金吃了一惊:"官司?这是真的吗?这件事我还真是闻所未闻……没错,现在既然还没等到判决结果,您是不可以结婚的……请问,您挪用了很多公款吗?"

"十四万四千。"

"天哪,那真是不少啊!说不定您还要被发配到西伯利亚去呢……既然如此,我女儿便只好沦为牺牲品了。唉,现在说什么话都是多余的,但愿您能得到上帝的庇佑……"

弥尔金终于放松下来,打算去拿上自己的帽子,继而离开。

这时,康德拉什金经过了一段时间的思考,又说:"但是,要是娜斯简卡对您的感情是刻骨铭心的,即便要与您一起前往西伯利亚,她也是甘心情愿的。所谓的爱情就是如此,可以为之付出一切代价。其实,托木斯克州是个不错的地方。比起我们这边,去西伯利亚过日子,岂不是更滋润?老实说,我一早就想去那里了,无奈被家庭拖累了,不能付诸行动。总之,您求婚吧,没有问题!"

弥尔金暗想:"这个固执己见的老家伙!只要能把自己的女儿嫁出去,哪怕对方是恶魔呢,他也绝不反对。"这样想着,弥尔金便再度高声说道:"不过,刚才的话我尚未说完……挪用公款只是我惹上官司的一个理由,除此之外,我还制造了伪证。"

"都差不多啦!最终的判决就只有一个!"

"啐!"

"您吐口痰用得着发出这样大的声音吗?"

"我无心的……其实呢,我还有事跟您隐瞒呢……我实在有太多糟糕的事情了……请您不要强迫我将这些事情全都坦白说出来……"

"您那些事情我可不想听!不过是些无关痛痒的小事罢了!"

"康德拉什金先生,这绝不是什么小事!假若我跟您坦白……您对于我的人品有了充分的了解,我相信,您从今往后就再也不想看到我了……其实……我是个逃亡的苦役犯人!"

听到这话,康德拉什金一下子就从弥尔金身边蹦出去了,那反应好像让黄蜂蜇到了一样。跟着,他就像被吓傻了一般,瞠目结舌地呆在那儿,惶恐无措地盯住弥尔金。一分钟过后,他终于倒在了椅子上,开始哼个不停。

"我实在是想不到啊……"他嘟嘟囔囔地说,"这么久以来,我费心费力招待的居然是这么一个家伙!你马上离开这里吧,离开这里!我再也不想看到你啦!天哪!"

弥尔金满心欢喜,将帽子拿起来,径直走向门口……

康德拉什金忽然又喝道:"等一下!为什么你到今天还能逍遥法外呢?"

"我换了个名字……他们要想把我抓起来,可是困难得很……"

"您如果继续保持这样的生活状态,很可能直到您离开人世的时候,旁人依旧对您的真正身份一无所知吧……您且慢!您已经改过自新了,眼下,您已经变成一个好人了……上帝会庇佑您的……既然如此,就不用考虑啦,您还是向我的女儿求婚好啦!"

弥尔金的汗都流出来了……逃亡的苦役犯人已经是他所能想象到的最可怕的谎言了,连这样都不能说服对方,那么就剩下最后的法子了:不顾一切,一言不发,马上逃走……当他正要将这个法子付诸行动时,忽然又想到了一个办法……

他于是说道:"其实对于我,您还是没能完全了解。其实……我是个疯子,法律上严禁我们这种人结婚……"

"我才不相信呐!您讲话逻辑分明,怎么可能是个疯子!"

"您这样说就真的外行了!很多疯子在大多数时间看起来都非常正常,只有在病发的时候才能看出他们的与众不同。这一点您不会不清楚吧?"

"请您不要说下去了!我一点儿都不相信!"

"那我去让医生帮我开个证明给您瞧瞧!"

"我相信医生的证明,但是我不相信您疯了!"

"您等我半个小时,我一定会把证明拿来给您看的……我马上就回来!"

弥尔金拿着自己的帽子,飞快地离开了。过了五分钟,他便抵达了一位名叫费裘耶夫的医生家中,说起来这位医生还是他的一个朋友呢。但是由于这位医生刚刚才和自己的太太大打一架,所以弥尔金去的时候,他正忙着收拾自己的发型,弥尔金可真是不走运啊。

他只好对医生恳求道:"朋友,这件事你一定要帮帮我的忙!有个人强迫我跟他女儿结婚,我坚决不肯,最终想到了一个摆脱他的法子,那就是佯装自己是个疯子……因为法律严禁疯子结婚……所以,我请你帮我开一份证明,证明我是个疯子!求求你,就当帮朋友一个忙好不好?"

医生问他:"你真的不愿意结婚吗?"

"当然不愿意了!"

医生整理着自己的发型,说道:"这张证明我可没法帮你开,要知道,不愿意结婚的人是最有智慧的人,绝非疯子……等到你愿意结婚的时候再过来找我吧,到时候我一定会帮你的忙……因为一个想要结婚的人,才是真正的疯子……"

小官员之死

✦

一个小官员在剧院里不小心打了一个喷嚏,唾沫溅到了前排的文官身上,尽管道了歉,但他此后陷入精神苦恼,最后竟然在忧郁和恐惧中死去。

一个美好的傍晚，庶务官伊凡·德米泰瑞奇·切尔维亚科夫拿着望远镜坐在剧院第二排的座椅上，心情愉快地观看着轻歌剧《科纳维尔之钟》，越看越觉得幸福。可是突然之间——这个"可是突然之间"在小说里是很常见的，作者也没有说错，因为生活中的确会有许多出人意料的事发生。可是突然之间，他不禁皱起脸、翻着眼，屏住了呼吸……于是他放下望远镜，低下头就——阿嚏！！他打了一个喷嚏，你们都看清楚了啊。无论在任何地方，打喷嚏都是不犯法的。不管你是庄稼汉、警察局局长，还是三品文官，都难免会打喷嚏。切尔维亚科夫自然也不例外，他打完喷嚏之后，不慌不忙地掏出小手绢擦了擦脸，然后有礼貌地看了看四周，希望他刚才打喷嚏没有影响到别人。不看不要紧，这一看他不由得慌张起来，因为他发现坐在他前面的一个小老头正一边嘟哝着什么，一边拿着手套在用力地擦他的光头和脖子。这个小老头不是别人，正是交通部的文职将军珀瑞茨扎罗夫，切尔维亚科夫认识他。

"我的唾沫溅到他身上了！"切尔维亚科夫心想，"他虽然不是我的上司，而且跟我不在同一部门，可我还是应该向他赔不是。"

于是切尔维亚科夫就清了清嗓子，把上身凑到将军的耳朵旁边，小声说："将军，实在非常抱歉，我的唾沫溅到您身上了……我不是有意的……"

"不要紧，不要紧……"

"请您看在上帝的分儿上，宽恕我吧，我确实……我确实不是有意的……"

"唉，您请坐好！我要听戏！"

切尔维亚科夫心里很慌乱，只好傻笑着朝舞台上望去。可是，刚才那种幸福感却奇怪地消失了，他只觉得惶恐不安。幕间休息时，他在珀瑞茨扎罗夫身边徘徊了好一会儿，终于克服了内心的胆怯，嗫嚅着对珀瑞茨扎罗夫说："将军，我的唾沫溅到您身上了……请您务必宽恕我……我不是有意的……"

"哎呀，请别再说了……刚才那件事儿我已经忘记了，您就别再提它了！"将军不耐烦地撇了撇嘴说。

"他并不是真的忘记了，不然他不会目露凶光。"切尔维亚科夫一边想一边怀疑地看着将军，"他不想跟我说话，这表明他非常生气。我应该再次向他表明我并不是有意的，并说这不是我能控制的，否则的话，他就会以为我是有意啐他的。也许他现在并不会这么想，可是以后呢？以后谁能保证他不这么想呢？！"

回到家之后，切尔维亚科夫就把自己在剧院失态的事告诉了妻子，不过他的妻子好像并不像他那样重视这件事。刚开始时，她确实也被吓住了，可是当她听说珀瑞茨扎罗夫跟她丈夫不在同一部门时，她也就放心了。

"不过，你最好还是亲自去向他赔礼道歉比较好，"她说，"否则的话，他会认为你的举止不庄重！"

"我也是这么认为的呀！所以我当场就向他道歉了，可是我总觉得他的反应有些奇怪……他一句中听的话都没有说，当时又在剧院里，所以我也不方便跟他详谈。"

第二天，切尔维亚科夫穿上新制服，还把头发理了理，然后就去拜访珀瑞茨扎罗夫了，他要向珀瑞茨扎罗夫解释清楚。将军的接待室里有很多人，这些人正围着将军，请求他帮忙做各种事情。将军问过几个人的请求之后，抬起了头，目光在切尔维亚科夫脸上停留了一会儿。

"将军，您还记得昨天在安乐之邦剧场里发生的事吗？"庶务官汇报说，"我打了一个喷嚏，没想到唾沫星子溅了您一身……请您务必宽……"

"简直是胡闹……这算什么事儿呀！"将军说完，把头扭向了另一位请求他帮忙的人，"我能为您做些什么？"

"他不愿意跟我说话！"切尔维亚科夫满脸发白地想，"看样子他确实在生我的气……我不能就这么算了……我得好好跟他解释一番……"

将军接待完最后一个请求他帮忙的人，然后向内室走去。切尔维亚科夫立刻跟上他，在他身后嗫嚅着说："将军！如果我斗胆打搅了您，那么务必请您原谅，我自己也很懊悔……我只是想让您知道我确实不是有意的！"

将军哭丧着脸，对切尔维亚科夫摆了摆手，然后说："先生，您简直是在胡闹！"接着，将军就走进内室，并随手关上了内室的门。

"这怎么是胡闹呢？"切尔维亚科夫心想，"我根本没有胡闹！将军怎么这么不明白事理呢？既然他这么爱摆架子，那么我也就没必要再向他赔不是了，去他的吧！我再也不会亲自来给他赔不是了，真的不来了！给他写封信就足够了！"

切尔维亚科夫一边这样想着，一边走回了家。他原本想回到家就给将军写信的，可是想来想去也不知道该如何写才好，最终也没有动笔，只好决定第二天再当面向将军解释清楚。

"将军,我昨天已经打搅过您了,"他看着将军疑问的目光,喏喏着说,"您说我在胡闹,其实并不是这样的,我是专门来给您赔不是的,因为我打喷嚏时把唾沫溅到您身上了……我绝对没有胡闹,再说了,我也不敢跟您胡闹呀。如果我是在胡闹的话,就表示我对将军……对将军您不够尊重……"

"快滚!!"将军浑身颤抖地大叫起来,他的脸气得发青。

"您说什么?"切尔维亚科夫小声地问,他被将军的样子吓住了。

"快滚!!"将军又大叫了一声,同时跺了跺脚。

切尔维亚科夫感到肚子里好像有东西在往下掉。他对周围的一切既不看也不听,一步步退到门口,然后步履维艰地走在大街上……他回到家里之后,连制服都没脱就躺到了长沙发上,就这样……死在了长沙发上。

在故乡

透过美丽的大自然、幻想和音乐,我们知道了生活美好的一面;可是透过现实,我们知道的却是生活残酷的一面。

一

顿涅茨克铁路。一个白色的火车站孤单地立在草原上，车站里冷冷清清的，墙壁被太阳晒得又烫又亮，好像墙壁周围一个人都没有似的。火车把您丢在这儿之后就轰隆隆地开走了，然后无声无息地消失了……车站附近也很荒凉，周围只能看到您的一辆马车。您下了火车以后，舒舒服服地坐上了这辆四轮马车，行驶在草原的大道上。眼前是一片广阔无边的草原，虽然单调却很迷人，完全不同于莫斯科附近的风景。近处除了草原之外，什么都没有。远处有古墓，偶尔还会出现一架风车，或者是装载着煤炭的牛车……鸟儿飞得很低，它们的翅膀有节奏地扇动着，单调得令人忍不住要打瞌睡。空气热得发烫。走了一两个钟头之后，眼前仍然是草原或古墓。您的车夫一直在说话，还经常一边说一边拿鞭子指指旁边的风景。他没完没了地说着，可是说的都是一些琐事。您只是静静地听着，内心一片安宁，不愿意被过去的事情纠缠……

来接薇拉·伊凡若芙娜·喀尔季娜的是一辆三套马车。车夫放好她的行李之后，就开始整理马具准备出发。

"这里的一切都没有变，"薇拉一边说一边向四周看了看，"我上一次路过这里，好像是十年以前，当时我还只是一个小姑娘。我记得当时赶着马车来接我的是布里斯老头，他现在还活着吗？"

车夫没有回答她，而是像乌克兰人那样瞪了她一眼，然后爬上了驾驶座。看样子，他是生气了。

目的地距离火车站大约三十俄里。薇拉忘记了过去，只顾望着辽阔的草原，感觉生活自由而美好。她不但年轻（刚满二十三岁），而且不乏健康、智慧和美貌，唯独缺乏这种辽阔和自由感。

草原，还是草原……马车一路奔驰。太阳慢慢地升了起来。六月的草原，已经不是她记忆中那稀疏、单调的样子了，而是开满了绿色、黄色、淡紫色或白色的鲜花，它们和炽热的土地一起散发出一阵又一阵香气。大路上有一些蓝色的鸟，它们看起来好古怪……

薇拉昏昏欲睡，她也很久没有祈祷了，可是她却坚持着没有睡去，而是喃喃地说："主啊，请您保佑我，让我在这儿愉快地生活吧。"

她感到内心平静，情愿一辈子就这样舒服地坐在马车上欣赏着草原的风景。忽然，路边出现了一条两旁长满了小橡树和小赤杨树的深沟。接着，薇拉就感到一股浓重的潮气。她想，深沟里应该有一股细流吧。再往前走，就到了悬崖旁边，那里的山鹑听到他们的动静"扑棱"一声飞了起来。薇拉想起以前他们经常在傍晚时到这个悬崖边散步的情形，这才意识到庄园很快就到了！果然没错，不远处正是她熟悉的杨树和谷仓，还有旧麦秸燃烧时冒出的黑烟。接着，薇拉就看见姑姑达西娅正摇着手绢向她走来，爷爷则站在露台上。啊呀，薇拉心里那个高兴啊！

"宝贝儿！宝贝儿！"姑姑歇斯底里地尖叫起来，"我们的女主人回来了！你可知道，你才是我们真正的女主人，我们的女王！这儿的一切，统统都是属于你的！亲爱的美人儿，我哪里是你的姑姑哟，我是你的奴隶，我什么都愿意顺从你！"

薇拉只有姑姑和爷爷这两位亲人。她的母亲早已过世，她的爸爸也在三个月前去世了。她的爸爸是个工程师，在从西伯利亚回来之后死于喀山。她的爷爷胖胖的，面色红润，留着一大把雪白的胡子，因为有气喘病只好拄着拐杖走路，肚子也因此挺了起来。她的姑姑今年四十二岁，身穿一件袖子隆起、腰身勒得很紧的连衣裙，看起来既时髦又年轻。看来，她仍然想招徕人们的喜爱。她走路的时候，虽然步子迈得很小，但是她的脊背却在不停地颤动着。

"你喜不喜欢我们？你骄傲吗？"她搂着薇拉不停地问。

爷爷希望大家做感恩祈祷，于是大家都照着做了，然后开始吃饭。饭吃了很久，之后薇拉就开始了她的新生活。薇拉住的是全家最好的房间，里面铺着全家所有的地毯，还摆了很多花。晚上，她就睡在又柔软又舒适的大床上，盖着长期搁置的丝绸被子，快活地笑了起来。接着，她的姑姑达西娅就走进来跟她道晚安。

"感谢上苍，你可算回来了，"她坐在床沿上说，"你也看出来了，我们生活得非常好，只是你爷爷不行了！他的情况坏透了！他得了气喘，记性也大不如前了。你还记得他以前的样子吗？那时他既健康又有力气，而且火气很大……只要仆人忤逆他的意思，或者出了一点儿岔子，他就会跳起来大叫：'拿桦树条子抽他二十五下！'可是如今，他变得和气多了，也不再大声嚷嚷了，而且当初那种可以随意打人的年岁也成了过去。当然了，宝贝儿，打人确实不应该，但是也不能把他们惯坏了。"

"姑姑，他们现在还挨不挨打？"薇拉问。

"有时候会，是总管打的，我没打。主啊，请您保佑他们！你爷爷的习惯一时改不过来，所以有时也会挥几下手杖，但是不再打他们了。"达西娅说完，打了一个呵欠，接着先后在嘴上、右耳朵上各画了一个十字。

"在这里生活，会不会很闷啊？"薇拉问。

"怎么说呢？宝贝儿，现在这里已经没有地主了，但是附近陆陆续续地建造了一些工厂，多了什么工程师、医师、采矿师……这些人还不少呢！他们会举办业余演出或音乐会，不过大多数时候都在打牌。他们还经常坐车来我们这儿。比如工厂里的聂沙博夫大夫，他就经常来。他长得真漂亮，让人一看就喜欢！他还看了你的照片，并说他一眼就爱上了你。我心里是这么想的：'行啊，这也是薇洛琪可①前世修来的福分。要知道，这位大夫不但年轻、漂亮，而且家境良好，完全配得上我的薇洛琪可。'说实话，你也是一位难得的未婚妻，因为你是上流社会的小姐。虽然我们的田产如今已经抵押给别人了，但是也没什么打紧，因为我们把它们经营得很好。往后，我的那份田产也全都归你，我甘愿像奴隶一样顺从你。我去世的哥哥，也就是你爸爸，还留了一万五千给你……哦，孩子，我看得出你的眼皮快要合上了，那你就睡吧。"

第二天，薇拉就到房子四周散步去了，很久都不愿意回去。斜坡上坐落着一个古老的花园，不过走进去很不方便，里面连一条小路也没有，而且一片荒芜，一点儿都不好看。也许是因为他们当它是多余的，所以才让它荒芜的吧。花园里有很多蛇，树下还有一些鸡冠鸟，它们一边飞一边发出粗壮而又低沉的"扑——扑——扑"声，令人很容易就想起往事。公园下面有一条河，河边长满了高壮的芦苇，河对面的半俄里之外是一个村子。薇拉走出花园，来到田野上向远处眺

---

① 薇拉的昵称

望，心里想着她在故乡的新生活，想要弄清楚前面有什么在等着她。辽阔的草原和眼前恬静的美景，都表明幸福将至，说不定幸福已经来临。有很多人都会这么认为：一个既年青又健康的知识分子住在自己的庄园里，一定会觉得非常幸福！可是事实上，这个既单调又人烟稀少的广袤原野却令她感到恐惧。有时候，她可以清楚地感觉到这个安静的绿色怪物会夺去她的生命。她年轻而又优雅，对生活充满了憧憬。她在贵族女子中学里读过书，学会了三门外语，还跟父亲一起见过世面，可是现在却来到了这样一个既偏僻又荒凉的草原庄园里，无所事事地在田野和花园之间徘徊，然后再回到房子里听爷爷喘气。难道这就是她想要的生活吗？可是她又能怎么办呢？躲起来？还是……她怎么想也想不出来该怎么办。等她走回家里时，她感觉到自己在这儿未必会过得幸福，相比之下，从火车站坐着马车来这儿的路上更加有趣。

工厂里的聂沙博夫大夫来了。他不但是个大夫，还是工厂的主人之一。三年以前，他也在工厂里入了股。现在，他虽然还是个大夫，但是他的主要工作已经不是医疗了。他体形匀称，留着一头金发，脸色苍白，穿着一件白色坎肩。可是，他内心的想法却叫人难以捉摸。他跟大家打了一声招呼，又吻了吻达西娅的手，然后就不时地站起来给别人端椅子或是直接给别人让座。自始至终，他的表情都很严肃，而且很少说话；一旦说话，就说得既有条理又声音洪亮，可是不知道为什么，他每次开口时的第一句话都是模糊不清的。

"您会不会弹钢琴？"他问薇拉，然后忽然急促地站了起来，因为他看见薇拉的手绢掉到地上了。

从中午到深夜十二点钟，他几乎都在沉默不语地坐着。薇拉很讨厌他。薇拉认为，在乡下穿白坎肩原本就很俗气，再加上他的姿态、举止过于有礼貌，那张长着黑眉毛的白脸又过于严肃，看上去腻腻歪歪的。薇拉想，他之所以经常沉默不语，大概是因为他的头脑不能及时对别人的话做出反应。可是，等他离开之后，姑姑达西娅却高兴地问她："嗯，他怎么样？是不是很迷人啊？"

二

家业由姑姑达西娅掌管。她穿着细腰的衣服，戴着叮当作响的镯子，在厨房、谷仓、牲口棚这三个地方活动着，她每次走路时，步子都迈得很小，背脊也仍然不停地颤动着。她每次跟管事或农民讲话时都会戴上夹鼻眼镜，不知道这到底是为什么。

爷爷只要坐下来，一般都不会再换地方，他要么摆摆牌阵，要么昏昏欲睡，但是午饭和晚饭却吃得很多。仆人把今天、昨天的菜，以及星期日剩下的冷馅饼和仆人的腌牛肉全端给了他，他都能狼吞虎咽地吃个精光。薇拉对爷爷吃的每一顿饭都有深刻的印象。所以后来，每当她看到有人赶着羊群或是运载面粉时，她心里都会认为爷爷能把这些都吃光。他很少说话，把大部分时间都用在了专心吃东西或是玩牌阵上，不过当他在饭桌上看到薇拉时，偶尔也会激动起来，并且温柔地说："薇洛琪可！我唯一的宝贝孙女！"说着，他的眼泪就在眼眶里打起转来。有时候，他会突然变得脸红脖子粗，然后一边敲着拐杖一边恶狠狠地瞧着仆人："为什么没有辣根？快去拿！"到了冬天，他就整天在家里待着。夏天的时候，他偶尔会坐着马车到野外去看一看，去看看燕麦和青草长得怎么样。一回到家，他就会一边挥动手杖一边说缺了他到处都是一团糟。

"你爷爷心情不好，"姑姑达西娅小声说，"不过现在已经不用怕了，要是以前可就了不得了，他会说：'拿桦树条子抽他二十五下！'"接着，姑姑又抱怨大家都懒得不想干活儿了，所以田产的收成也很少。说实话，这里的经营的确算不上真正的农业，因为人们只是按照以往的习惯耕地播种，除此以外就无所事事地混日子了。可是，大家又成天跑来跑去地计算这计算那，而且从早晨五点钟就开始了，还经常传出"拿来""拿走""赶紧去找"这类词语，等到傍晚，仆人们一个个都累得筋疲力尽。家里的厨娘和女仆每个星期都会换，有的是被姑姑认为道德败坏而辞退的，有的是因为活儿太累自己走的。本村来当过差的人，如今除了阿辽娜之外都走掉了，所以姑姑只好去远处的村子里雇人了。阿辽娜没有走掉，是因为她要养活一家老小。她是个身材矮小、脸色苍白的傻姑娘，整天不是忙着收拾房间，就是伺候开饭、生火或缝缝洗洗，可是大家还是觉得她是在瞎忙，而且她走路时发出的咚咚声妨碍了别人做事。她害怕被东家辞退，所以干活时经常弄掉手里的东西。如果是碗碟的话，掉在地上就会碎，当然得扣她的工钱了。每次一发生这样的事，她的母亲和祖母就会跪在姑姑达西娅面前替她求情。

客人们每个星期至少会来拜访一次。每当有客人到来时，姑姑达西娅就会走进薇拉的房间，对她说："你最好去陪陪客人，陪他们坐一坐就行，不然的话，人家会认为你骄傲的。"

薇拉只好去陪客人了。有时候，她会跟他们一起玩儿文特牌，一玩就会玩儿很久；有时候，她也会弹钢琴，这时客人们就跳舞助兴。姑姑也会高兴地跳起舞来，然后气喘吁吁地走到她跟前，小声说：

"在玛莉亚·尼齐弗洛芙娜面前,你应该表现出对她很亲热的样子。"

12月6日是圣尼古拉节①,家里一下子来了三十来位客人。他们玩儿文特牌一直玩儿到了深夜,所以很多人都没有回去,第二天一大早,他们就继续打起牌来。吃过早饭,薇拉向自己的房间走去,打算远离交谈和烟雾,好好休息一下。可是,当她回到自己的房间里时,发现那儿也有客人。她忽然感到一阵绝望,眼泪都差点儿掉下来了。直到傍晚时分,客人们才准备离开,她这才高兴地说:"你们再坐一会儿吧!"

客人们令薇拉感到疲倦和拘束。几乎每天天一黑她都想坐着马车出去散散心,去哪儿都行。去工厂,或者在附近的地主家打牌、跳舞、玩游戏,吃了晚饭再回来。那些在工厂或矿场工作的年轻小伙子们有时候会唱起小俄罗斯歌,而且唱得还很不错呢,只是他们的歌里总是透着一股辛酸感。有时候,他们则会聚集在房间里,就着昏暗的暮色谈论矿场、萨乌尔②古墓,或是当初埋在草原下面的金银珠宝……这样谈论的时候,时间不知不觉就过去了。有时候,附近会响起"救——命——啊"的叫喊声。发出这声叫喊的,可能是醉汉,也可能是在矿场一带遭到抢劫的人。有时候,风会灌进炉子,发出一阵阵哀鸣声;或者直接对着护窗板示威。再过一阵子,教堂里就会响起预示暴风雪即将来临的警钟声。

每当有晚会、野餐会或宴会举行时,姑姑达西娅和医师聂沙博夫都是最受欢迎的人。在工厂和庄园里举办的聚会,人们一般都不靠

---

① 圣尼古拉节是一个基督教节日,在每年的12月6日。主要盛行于俄罗斯、希腊、瑞士、德国、法国、荷兰等国家。
② 萨乌尔是古代壮士歌中的一位英雄。

朗诵来助兴，也很少弹钢琴。即便弹钢琴，也只谈进行曲和波尔卡舞曲。

年轻人每每遇到他们不理解的事情时，都会激烈地争论起来，样子也变得很粗暴。他们高声地争论着，那场面真激烈。这让薇拉觉得很奇怪，因为像他们那样对什么都漠不关心的人，她在其他地方都没有见过。对他们来说，好像祖国、宗教、社会都不存在似的。当人们谈到文学或解答某个抽象问题时，聂沙博夫好像对它们根本不感兴趣。他已经有很长时间都没有看书了，因为他懒得看。他一脸严肃，整个人就像一张拙劣的肖像画。他经常穿白坎肩，整天不发一言，给人一种高深莫测的感觉。可是，在那些太太、小姐看来，他却变成了一位既有趣味又有风度的绅士。她们嫉妒薇拉，因为他喜欢她，这一点明眼人一看就知道。每一次做客回来，薇拉都会心烦，所以她暗自发誓说，她以后再也不迈出家门一步了！可是，每当傍晚到来时，她都会急匆匆地赶到工厂里。整个冬天，她几乎都是这么做的。

她买了一些书，还订了杂志，然后待在自己的房间里看。到了晚上，她就躺在床上看，一直看到过道里的钟敲了两下或三下，她才会坐起来，让胀痛的太阳穴休息一下，然后开始想心事。我该做些什么呢？哪儿才是我的安身之地呢？这个该死的问题一直纠缠着她。她觉得这个问题好像已经有很多答案了，可是再想一想呢，又好像一个都没有。

啊，教育民众以减轻他们的痛苦，这样的事做起来该有多么高尚、神圣和美好啊！可是，薇拉不熟悉民众，也不知道该如何去接近他们。在薇拉看来，民众既陌生又没有趣味，因为他们住在气味刺鼻的小木屋里，还会在酒馆里骂人，他们的孩子也经常不洗脸，农妇们经常谈论的话题就是疾病……这些都让薇拉受不了。更何况，如果她要从事教育，她就得忍着寒冷在雪地里走很长一段路，然后坐在密不通风的小木屋里教育那些她不喜欢的孩子。不，如果要她过那样的生活，那她宁愿去死！而且，在她教农民的孩子读书的同时，她的姑姑达西娅却在收他们的租金、罚他们的钱，这样的事听起来该有多可笑啊！虽然经常有人谈论学校、乡村图书室，说要普及教育，可是他们又有几个人是真善人呢？就说她熟识的这些工程师、工厂主和太太们吧，如果他们不是在装善人，而是真的认为教育势在必行，那么教师现在的月工资就不会只有十五卢布了，至少不会挨饿。他们谈论学校和愚昧，无非是为了欺骗自己的良心，因为他们虽然拥有五千或一万俄亩的土地却丝毫不关心民众，这多少会让他们觉得自己良心有愧。

太太们一说起医师聂沙博夫，都会夸赞他是个大善人，因为他为工厂办了一所学校。没错，他的确为工厂办了一所学校，可那所学校是他用工厂的旧砖头建造的，总费用才八百卢布左右。在学校的落成典礼上，人们就唱《长命百岁》来歌颂他。可是，如果你要他贡献出股票，他就不一定乐意了。说不定，他根本就没有想过农民也是人，也需要像他一样接受大学教育，而不仅仅是在简陋的厂办学校里读书。

薇拉恼恨所有人，其中当然也包括她自己。她又拿起书，打算继续看。可是，没过多久，她又坐了起来，继续想心事。做医师会不会好一些呢？可是，做医师要考拉丁语，而且她很厌恶尸体和疾病，而这种厌恶她又没办法克制。做机械工程师、法官、船长、科学家呢？他们的工作既耗体力又耗脑力，工作一天之后往往会累得筋疲力尽，但是到了晚上，他们就可以美美地睡上一大觉，多好啊。如果自己这一生都能从事某种高尚的事业，从而使自己成为一个有趣味并受其他有趣味的人欢迎的人，还能和心爱的人组成一个家庭，那该多好啊……可是，现在她该怎么做呢？从何做起呢？

大斋节期间，在一个星期日的清晨，姑姑达西娅走进薇拉的房间，说是来取阳伞。这时薇拉正好坐在床上抱头沉思。

"宝贝儿，你应该去教堂走走，"姑姑说，"要不然的话，人家就会以为你不信上帝。"

薇拉沉默不语。

"可怜的人儿，你心里的烦恼我也知道，"姑姑一边疼惜地说一边在床前跪了下来，"你跟姑姑说实话，你是不是觉得很闷？"

"我的确很闷。"

"我的美人儿、女皇，我像奴隶一样顺从你，一心希望你过得幸福……可是你为什么不愿意嫁给聂沙博夫呢？孩子，你想要嫁给什么样的人啊？亲爱的，原谅我说话这么直接，我们又不是公爵，没有资本挑三拣四，你以后不能再这样挑来挑去的……年龄不饶人，你已经不是十七岁的少女了……聂沙博夫那么爱你、崇拜你，你为什么就不答应他呢！"

"哦，上帝啊，"薇拉气恼地说，"我也不知道为什么！他一向沉默寡言，连一句话都不肯说。"

"宝贝儿，那是因为他害羞……他怕你回绝他呀！"

姑姑走了以后，薇拉不知所措地站在房子中间，她不知道是该穿衣服还是该继续睡觉。那张床真讨厌。窗外也一样，只有光秃秃的树木、灰白色的雪、灰黑色的寒鸦，还有即将成为爷爷口中食的猪……

"没错，也许的确是嫁人最好！"她暗想。

三

连续两天,姑姑那张扑着浓粉的脸上都带着泪痕,无论是走路还是吃饭都会唉声叹气,要不就是望着神像发呆。她在愁什么呢?没有人知道。后来,她终于下决心走进了薇拉的房间,随口说:"孩子,是这样的,我们该缴银行贷款的利息了,可是佃户的钱又没有收上来。你爸爸不是留给你一笔钱吗?让我从那笔钱里拿一部分来付利息,行吗?"

后来,姑姑一整天都在花园里忙活着,忙着熬樱桃果酱。阿辽娜的脸被烤得绯红,在花园、房外、地窖之间跑来跑去。姑姑熬果酱时,就像是在举行宗教仪式,表情非常严肃。姑姑穿着短袖的衣服,举起她那两只又小又结实的手,傲慢地向别人下达命令。阿辽娜不停地跑来跑去,在果酱周围忙这忙那,可是她又吃不到这些果酱,所以这种工作对她来说简直就是一种折磨……花园里弥漫着熬熟的樱桃味儿。等到太阳西沉,火盆也被撤走,那种香甜的气味还没有散去。

薇拉先指示一个新来的工人要修一条小路,然后就坐在长凳上看他修路。这个工人是一个过路的青年兵,他用铁锹铲起草皮并把它们放进手推车里,然后重复这一动作。

"你原来在哪儿当兵?"薇拉问他。

"别尔江斯克。"

"你以后打算去哪儿?回家?"薇拉继续问。

"不,小姐,我没有家。"工人回答。

"那你是在哪儿出生的?又是在哪儿长大的呢?"

"都在奥廖尔省。我当兵以前,跟着我妈与后爹一起生活。我妈管家,家里人也都尊敬她,所以我生活得还好。我当兵以后,有人写信给我说我妈已经去世……现在,我不愿意回那个家了,只当它是外人的家,因为他只是我的后爹。"

"那你的亲爹呢?是不是已经去世了?"

"小姐,这个我也不知道,我只知道自己是个私生子。"

就在这时,姑姑在窗口露面了,她用法语对薇拉说:"不要跟下人聊天!"接着,她又对士兵说:"小伙子,去厨房里找人聊天吧。"

后来,她就又像昨天和以往一样吃晚饭、看书,然后失眠,接着再没完没了地把以往那些想法想一遍。三点钟时太阳就出来了。这时候,阿辽娜忙碌的脚步声已经在过道里响起了,可是薇拉还是睡不着,只好靠看书来硬撑着。手推车吱吱嘎嘎的声音也传了过来,这是新来的工人在花园里劳作的声音……薇拉被修路的工作吸引了,于是她拿着书坐到了窗前,然后昏昏欲睡地看士兵修路。眼前的小路平整得就像一条皮带。她愉快地想,如果在上面铺上黄沙,它又是什么样子呢?

刚过五点钟,姑姑就从正房里走了出来。她穿着一件又宽又大的粉红色上衣,头上的卷发纸还没有摘掉,默默地坐在了门廊上。大约三分钟之后,她对那个士兵说:"拿着你的身份证离开吧,我不允许我家里有私生子出现,愿上帝保佑你。"

薇拉的心头突然充满了一种沉重、愤恨的感觉。薇拉对姑姑充满了愤怒和憎恶,也无法再忍受她……可是,薇拉却什么也做不了。打断她的话?大骂她一顿?即便这样做了,又有什么用呢?就算把她赶走,让她不能再继续作恶,让爷爷不再对人挥动手杖,也没什么用。

阻止他们作恶，只相当于打死广阔无边的草原上的一只老鼠或一条蛇而已。草原是那么广阔，冬天是那么漫长，生活单调得令人失去了希望，因为无论做任何努力都无济于事。

阿辽娜进来对薇拉深深地鞠了一躬，然后把圈椅端到了屋外，准备拍掉上面的灰尘。

"这个时候收拾什么房间呀，出去！"薇拉气恼地说。

阿辽娜被吓得惊惶失措，所以根本不明白薇拉的意思，只好赶紧去收拾五斗橱。

"我叫你出去！出去！"薇拉大喊，她气得浑身发抖。在此以前，她从来没有像这样生气过。

阿辽娜发出一声鸟叫似的呻吟，接着一块金表就掉到了地毯上。

"滚出去！"薇拉颤声大叫，然后跳了起来，浑身不停地颤抖，然后就尾随阿辽娜走上过道，一边走一边顿着脚说，"她气死我了，快赶她走！叫她滚出去！拿桦树条子抽她！"在这之后，她就忽然清醒了。她没有回房间去梳头、洗脸，穿着睡衣和拖鞋就跑了出去，一直跑到她熟悉的悬崖边才停下，然后躲进草丛。她不想看见任何人，也不想被人发现。

她没有哭，也不觉得害怕，只是一动不动地躺在草地上凝视着天空，冷静地意识到她刚才做了一件无法原谅的事情，她永远也不会忘记这件事。

"不，够了，够了！现在最要紧的是控制住自己，不然的话，刚才那种事情一定会再次发生……我受够了！"她想。

中午，医师聂沙博夫坐着马车来到了庄园里。

薇拉一看见他就做出了决定，她要强迫自己开始新的生活。作出这个决定之后,她的情绪才稳定。她目送着身材匀称的医师,以降低她这个决定的严重性,同时心想:"其实他挺好的……不管怎么样,我们都应该能一起生活下去的。"

薇拉回到家之后,开始换衣服。这时,姑姑达西娅走了进来,对她说:"宝贝儿,惹你生气的阿辽娜已经被我打发走了。她母亲狠狠地揍了她一顿,还跑到我们家来哭哭啼啼……"

"姑姑,"薇拉立刻接口说,"关于嫁给聂沙博夫大夫的事,我已经想好了,我同意嫁给他,不过要麻烦您去跟他谈,我不知道该怎么谈……"

薇拉又来到了野外,她一边信步向前走一边想,她嫁人之后要持家、给人看病、教人读书……总之,她要把她所在圈子里的其他女人做过的事统统都做一遍。那种经常对自己和别人都不满的心情,依然还会有;每次回忆往事时,她都会想起自己犯下的那些像山一样立在面前的一长串的重大错误,不过,她不再像以前那样纠结了,而是认为它们是真实生活的一部分,她躲都躲不掉。对于生活,她不再有更高的要求,不再希望有更好的生活了!透过美丽的大自然、幻想和音乐,我们知道了生活美好的一面;可是透过现实,我们知道的却是生活残酷的一面。幸福和真理,在现实生活当中明显是不存在的……人如果不是生活在现实当中,而是与这个郁郁葱葱、广袤无垠、冷漠无情的草原,以及草原上那些花朵、古墓融为一体,那该多好啊……

一个月以后,薇拉就搬到了工厂里。

姚内奇

省城的涂尔金一家热情好客,并且喜欢在客人面前展示才艺。姚内奇是一位外来的医师,与涂尔金一家人的接触让他的性格逐渐发生了改变。小说向人们展现了一个人是怎样一步步变成"庸人"的,无情地揭露了知识分子的虚荣、迂腐和庸俗。

一

　　省城里的生活有时会显得枯燥而又单调，所以到省城来的人难免会抱怨一两句。每到这时，本地居民就会为这个省城辩护，他们说，正好相反，这个城市好得不能再好了，因为这里有图书馆、剧院、俱乐部，经常举行舞会，还有一些既聪明又有趣的人，跟这些人交往是令人愉快的。接着，他们就提到了既有教养又有才华的涂尔金一家。

　　涂尔金家距离省长的官邸不远，涂尔金本人的全名叫伊凡·彼得洛维奇·涂尔金，他是一个英俊的胖子，留着一头黑发和络腮胡子，热心于慈善事业，经常为募捐活动举行业余公演。他在公演中一般都扮演老将军，这位老将军咳嗽的样子常常引人发笑。他肚子里装了很多趣事、谜语和谚语，他喜欢开玩笑和说俏皮话，但是他的表情却很难捉摸，如果只看他的表情，人们根本无法得知他是在开玩笑还是说正经话。他的妻子名叫薇拉·约瑟夫芙娜，她虽然身体瘦弱，但是模样儿却很俊俏，还架着一副夹鼻眼镜。她经常写小说，长篇和短篇的都写，还喜欢当着客人的面朗诵她写的小说。涂尔金家的女儿名叫叶卡捷琳娜·伊凡若芙娜，她是一个会弹钢琴的年轻姑娘。总之，涂尔金一家都是有才华的人。在热情好客方面，涂尔金一家也值得称道。他们给客人以真诚、淳朴的感觉，在客人面前显露才华时一脸的高兴。他们的房子是砖砌的，既高大又宽敞，夏天非常凉爽，因为有一半的窗子都面向一个老花园。这个老花园里长着郁郁葱葱的树木，春天一到，夜莺就会站在树上歌唱。家里来客人时，叮叮当当的切菜声就会从厨房里传出来。当煎洋葱的气味儿飘进院子时,就意味着丰盛可口的晚餐要开始了。

德米特里·姚内奇·斯达尔采夫是一位医师,他刚刚被派到省城来做地方自治局的医师,就住在距离城里九俄里的加利士。他刚到省城时,就有人对他说,既然他是一位有知识的人,那他就必须结交涂尔金一家。冬天的一天,经人介绍,斯达尔采夫认识了伊凡·彼得洛维奇,接着两个人就交谈起来,话题无非是天气、戏剧、霍乱等。之后,伊凡·彼得洛维奇就邀请斯达尔采夫有空去他家里坐坐。转眼间春天就到了。在耶稣升天节那天,斯达尔采夫看过病人之后就动身去了城里,想去城里散散心,顺便买点儿东西回来。他还没有置备马车,只好走着去。他一边不紧不慢地走着,一边唱着歌儿:"在我还没有喝下生命之泪时……"

他在城里吃了午饭,然后去公园里逛了一会儿。忽然,他想起伊凡·彼得洛维奇曾经邀请他去坐坐,于是他就决定去涂尔金家里,去见识一下他们一家到底是何方神圣。

"您好!"伊凡·彼得洛维奇一边说一边走到台阶上迎接他,"您这位与我志趣相投的人大驾光临,真的令我非常高兴,请进。请允许我把您介绍给我的贤妻薇洛琪可。"他把医师介绍给了薇洛琪可,接着又说:"我已经告诉过他,我说根据法律,他不应该老是待在住所里,而应该在工作之余多认识一些朋友。亲爱的,你说是不是?"

"请您到这边来坐吧,"薇拉·约瑟夫芙娜一边说一边招呼客人坐到她身边去,"您大可以向我献殷勤。我丈夫虽然像奥赛罗[①]一样爱吃

[①] 莎士比亚名作《奥赛罗》中的男主人公,他因为怀疑妻子不守贞洁而杀死了她。

醋，可是我们可以做得不着痕迹，这样就不用担心他了。"

"哦，你这只小母鸡，你简直被我宠坏了……"伊凡·彼得洛维奇温柔地说，在她的额头上吻了一下，然后转身对客人说，"您来得正好，我的贤妻正准备大声朗诵她刚刚完成的一部杰作呢。"

"伊凡，"薇拉·约瑟夫芙娜用法文对丈夫说，"叫人端茶过来。"

经过涂尔金夫妇介绍，斯达尔采夫认识了十八岁的姑娘叶卡捷琳娜·伊凡若芙娜。这位姑娘长得跟她母亲很像，也是既瘦弱又俊俏，但是她身材苗条，身体柔软，一脸的孩子气。她的胸脯发育得健康而又美丽，让人联想到了美好的春天。他们面前摆放着茶水、果酱和蜂蜜，还有糖果和饼干。那饼干很好吃，入口即化。黄昏时，又陆续来了一些客人。伊凡·彼得洛维奇眼里充满笑意地对着每一位客人说："您好！"

客人们都神情严肃地到客厅里坐下了。接着，薇拉·约瑟夫芙娜就开始朗诵她的长篇小说："寒气渐重……"客厅的窗户大开着，客厅里传来菜刀的响声，弥漫着煎洋葱的气味……客厅的灯光有些昏暗，客人们平心静气地坐在又深又软的圈椅里，随和地眨着眼。此时正值夏日的黄昏，街头传来一阵阵谈笑声，院子里的紫丁香散发出一阵阵香气。所以，当薇拉·约瑟夫芙娜读到"寒气渐重，冷冷的夕阳照射着积雪的平原，行人独自前行"这些语句时，客人们很难想象出那是怎样的一幅画面。接着，薇拉·约瑟夫芙娜读到了一位年轻貌美的伯爵小姐在村子里开办学校、医院、图书馆的经过，以及这位小姐爱上一位流浪画家的故事。这些事情在现实中是绝对不会发生的，但是听一听还是不错的，可以令人产生美好、宁静的感觉，让人舒服得不想站起来……

"不错不错……"伊凡·彼得洛维奇轻声地赞赏起来。

有一位客人听着听着思绪就飞到了远处，他用几乎听不见的声音说："对……真的……"

时间一小时一小时地流逝。附近就是本城的公园，里面有乐队和歌咏队在表演。薇拉·约瑟夫芙娜合上了她的作品。在这之后的五分钟，大家都沉默不语地听着歌咏队合唱的《路其努西卡》。《路其努西卡》完全不同于小说，它传达的是现实生活中的所有情趣。

"您有没有把您的作品送到杂志社去？"斯达尔采夫问薇拉·约瑟夫芙娜。

"没有，"薇拉·约瑟夫芙娜回答，然后解释起来，"我的作品全都没有发表，我把它们都藏进了柜子。为什么要发表呢？我们又不需要靠发表作品来维持生计。"

客人们听了，都不禁叹了一口气。

"格琪可①，现在轮到你了，你给大家弹一首曲子吧。"伊凡·彼得洛维奇说。

叶卡捷琳娜·伊凡若芙娜掀开钢琴的盖子，翻开乐谱，坐到椅子上，两只手用力地按着琴键，她的肩膀和胸脯都随之颤抖起来。她一个劲儿地按其中几个琴键，好像要把它们都按进琴键里面似的。客厅里充满了铿锵之声，好像地板、天花板和家具都在轰鸣一样。叶卡捷琳娜正在弹的曲子既长又单调，而且很难弹，但也正是这些才使它听起来很有味道。斯达尔采夫一边听一边想象出有很多石块从高山上滚落下来的画面，他希望那些石块能够立刻停下来。可是，叶卡捷琳

---

① 叶卡捷琳娜的昵称。

娜·伊凡若芙娜还在继续弹，根本没有停下来的意思。她的脸变得绯红，可她依旧精力旺盛。斯达尔采夫看着额头刚好被一绺卷发盖住的她，心里非常高兴。去年的整个冬天，斯达尔采夫都是在加利士跟病人和农民一起过的。现在，他则与这些既年轻又儒雅，而且其中多数都很纯洁的人坐在这客厅里，耳边回响的是既冗长又高雅的钢琴声，所以不由得觉得这里的一切都有趣而又新奇……

"哦，格琪可，你今天弹的可比从前弹的都要好，"伊凡·彼得洛维奇在女儿弹完并起身时说，他的眼里充满了泪水，"没有人能超越它的。"

客人们都聚拢过来向她道贺，并且惊奇地说弹得像她那样好的音乐他们已经很久都没有听过了。她听了沉默不语，只是一脸微笑，内心却非常得意。

"太好了！好极了！"

"确实非常好！"斯达尔采夫见大家都这么热情高涨，也忍不住赞美起她来，并向叶卡捷琳娜·伊凡若芙娜提出了疑问，"你的音乐是在哪儿学的？在音乐学院？"

"不。我现在在家里跟扎夫洛芙斯卡娅太太学琴，以便将来能够进音乐学院。"

"您已经中学毕业了？"

"嗯，还没有呢！"薇拉·约瑟夫芙娜插嘴说，"我们请了家庭教师。您也知道，女孩子在普通中学或是贵族女子中学读书，有可能会学坏。尤其是正在发育的年轻女孩儿，她们只有跟母亲待在一起才不会受到坏影响。"

"无论如何我都要进音乐学院。"叶卡捷琳娜·伊凡若芙娜说。

"不,格琪可很爱她妈妈。让她爸爸妈妈伤心的事,她自然是不会做的。"

"不嘛,我就要去!非去不可!"叶卡捷琳娜·伊凡若芙娜耍起小姐脾气来,开玩笑似的跺了一下脚。

直到吃晚饭时,伊凡·彼得洛维奇才有展示才华的机会。他说话的时候,脸上没有什么表情,可是眼睛里却充满了笑意。他说了一些趣事和俏皮话,提出一些荒谬的问题,可是马上又亲自做了解答。他在高谈阔论的时候,从头到尾用的都是一种他独有的奇特语言。这种奇特的语言经过他长期的训练和卖弄,早已形成风格。像是"伟乎其大""不错不错""向您表达我一百二十万分的感谢"等用语,都成了他的口头禅。

到了这里,展示才华的活动还没有结束。客人们酒足饭饱之后,都满意地走到前厅去拿自己的大衣和手杖。就在这时,涂尔金家的听差巴夫鲁沙来到了客人们身边。这个听差被涂尔金一家称为巴瓦,他是一个短头发、胖脸蛋的男孩儿,今年十四岁。

"喂,巴瓦,你也给大家表演一出!"伊凡·彼得洛维奇吩咐他说。

巴瓦举起一只手,声音凄惨地说:"去死吧,不幸的女人!"

客人们都哈哈大笑起来。

"太有趣了。"斯达尔采夫心里说,这时他已经走到了大街上。

他去酒店里喝了一点儿啤酒,然后向加利士走去,一边走一边唱:"你的声音听起来那么亲切、慵懒……"

九俄里路总算走完了。他一回到家就上了床,却怎么也睡不着,反而觉得他浑身都是劲儿,即使再走二十俄里也没有问题。

"真好……"他一边想一边笑，然后昏睡过去。

二

斯塔尔采夫一直打算再次拜访涂尔金一家，可是由于工作繁忙，所以他一直没有时间去。这种只有劳累和孤独相伴的日子，足足过了一年多才暂告结束。这一天，他接到了从城里寄来的一封信，信封是浅蓝色的。

事情是这样的。薇拉·约瑟夫芙娜原本就有偏头痛，最近，她的病情因为格琪可老是说要去音乐学院学习的事而加重。涂尔金家把全城的医师都请来了，可是依然无济于事，只好来请地方自治局的医师了。薇拉·约瑟夫芙娜还亲自给斯塔尔采夫写了一封信，请求他来解除自己的病痛，言辞很能打动人心。斯达尔采夫自然应邀前去了。从此以后，他就经常去涂尔金家……他果然没有辜负薇拉·约瑟夫芙娜的期望，不过他只帮了薇拉·约瑟夫芙娜一点儿小忙。尽管如此，薇拉·约瑟夫芙娜还是在客人们面前夸赞了他，说他是一位医术高超、出类拔萃的医师。斯达尔采夫虽然还经常去涂尔金家，但是目的却不再是给薇拉·约瑟夫芙娜治病。

那一天正好是节日。叶卡捷琳娜·伊凡若芙娜弹完了冗长而又乏味的练习曲之后，就来到了饭厅里，坐下来和家人以及斯达尔采夫一起喝茶、聊天。伊凡·彼得洛维奇自然又是高谈阔论，还讲了一个有趣的故事。之后，门铃就响了。伊凡·彼得洛维奇站起身来，准备去前厅迎接客人。趁着这个机会，斯达尔采夫压低声音，激动地对叶卡捷琳娜说："我求您看在上帝的分儿上别再折磨我，跟我去花园吧！"

她莫名其妙地耸耸肩，显然不清楚他想干什么，但她还是站了起来，向花园走去。

"您一弹起钢琴来，不弹上三四个钟头是不会停下来的。"他跟在她身后说，"接下来，您又得陪您母亲，所以我几乎没机会和您说上一句话。我求您至少给我一刻钟的时间，让我说出我的心里话。"

秋天的花园一片寂静，给人一种忧郁的感觉。黑色的树叶把人行道都遮住了，于是天提前变黑了。

"已经整整一个礼拜过去了，我都没有见到您一面，"斯达尔采夫说，"这一个礼拜我简直度日如年！要是您能体会这种苦就好了！请您坐下来听我慢慢说。"

花园里有个地方是他们俩都喜欢的，那就是那棵茂盛的老枫树底下，那里摆放着一条长凳。这时，他们坐到了长凳上。

"您叫我来这里，到底有什么事？"叶卡捷琳娜·伊凡若芙娜问，她的语气很生硬，就像是在办公似的。

"已经整整一个礼拜过去了，我都没有见到您一面，也听不到您的声音，我想您想得好苦啊。我一心希望能够听到您的声音，请您开口说话吧。"

他迷恋她那娇嫩的模样，还有从她的眼睛和脸颊上透露出来的天真。在他眼里，即便是她的装束也具有独特的魅力；她的纯朴和天真则增添了她的风韵，使她更加美丽动人。不过，虽然她很天真，可是他却认为她很聪明，而且具有超过她真实年龄的见识。他跟她在一起时，不仅可以谈论文学、艺术，还可以谈论他临时想到的任何事，其中自然也包括对她发牢骚，比如抱怨现实生活以及现实生活中的人。不过，他们谈话时的气氛还是很严肃的。有时候，当他正在说话时，她会突然莫名其妙地笑起来或是跑到屋里。省城里的大部分女孩儿都看过很多书,她也不例外。据本地图书馆里的工作人员说,本城的人是不怎么看书的,来图书馆里看书的基本上都是这些女孩儿和年轻的犹太人。如果他们不来看书,图书馆就可以关门了。斯达尔采夫非常高兴叶卡捷琳娜·伊凡若芙娜也看书,他每次见到她都会兴奋地问她最近看了哪些书。于是,她就开口讲了起来,他则听得入了迷。

"在我们没有见面的这个礼拜,您都看过哪些书?"他问,"求您跟我说说吧。"

"我只看了皮谢姆斯基的书。"

"书名叫什么?"

"《一千个农奴》,皮谢姆斯基的名字竟然叫阿列克谢·斐奥斐勒科特齐,真好笑!"

"您要去哪儿呀?"斯达尔采夫吃惊地问,因为她忽然站起身来走向了房子,"我要好好跟您谈谈,把我心里的话告诉您……我求您别那么快走,哪怕再坐五分钟也好!"

她停下了脚步,好像有什么话要说,却没有说出来,只是不好意思地塞了一张字条给他,然后就跑回屋里并坐在了钢琴前面。

"请于今晚十一点钟赶到墓园里的洁梅吉墓碑附近,我们在那儿会面。"斯达尔采夫念着字条上的字。

"为什么挑中墓园作为约会地点呢?她到底是什么意思?哼,她这么做很不明智。"

格琪可明摆着是在开玩笑。因为,城里明明有方便约会的地方,比如大街和公园等。可是,格琪可却把约会地点定在了离城很远的墓园,而且把时间定得那么晚,这明显说明她动的是歪脑筋。再说了,他好歹也是地方自治局的医师，而且知书达理、为人稳重，可是现在却要垂头丧气地接下她给的字条，接着还要去墓园里到处徘徊……这样的傻事，连中学生都会觉得可笑，如果他照做了，那么他的脸不是要丢尽了？这场恋爱又该如此收场？万一这件事被他的同事知道了，又会招来怎样的议论呢……上述这些都是斯达尔采夫在俱乐部里的桌子旁边徘徊时想到的。可是，晚上十点半的时候，他却忽然出门了，准备去墓园赴约。

他已经买了一辆由两匹马拉的马车，还雇了一个名叫潘捷列伊蒙、经常穿一件丝绒坎肩的车夫。月亮高挂，空中没有一丝风，暖和的空气中透着一丝秋意。城郊的屠宰场旁边传来一阵阵狗叫。经过城边的一条小巷时，斯达尔采夫叫车夫停下来等他，他独自向墓园走去。"每个人都有自己的怪脾气，"他想，"格琪可也一样。说不定这样的安排就是她怪脾气的体现，而不是她在开玩笑。谁知道呢？不过，她也许真的会来呢！"他一想到这一丝微弱的希望，内心就不由得兴奋起来。

他走上了田野，大约走了半俄里路才隐隐约约地看见墓园的轮廓，那是一片黑漆漆的、长条形的树林或大花园。再往前走，他看见了大门和白色石头砌成的围墙。借着月光，斯达尔采夫看见大门上写着："大限将至……"斯达尔采夫没有从大门进去，他走的是小门，一进门就看见了一条宽阔的林荫路。林荫路两边是白色十字架、墓碑、白杨树，以及它们在地上投下的影子。远处有一团团或黑或白的东西，还有枝叶垂到白石头上的树木。这里好像比田野上亮一些，所以他能够看到枫叶的影子像兽爪一样清晰地印在林荫路的黄色沙土上或墓前的石板上，就连墓碑上刻的字他也能看得一清二楚。斯达尔采

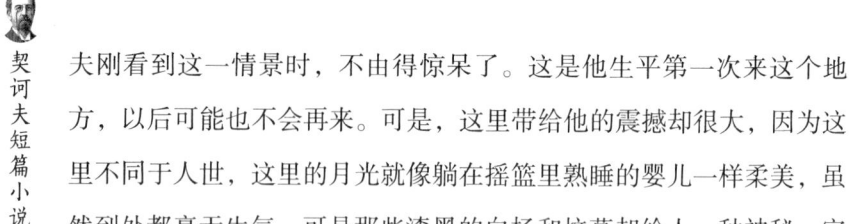

夫刚看到这一情景时，不由得惊呆了。这是他生平第一次来这个地方，以后可能也不会再来。可是，这里带给他的震撼却很大，因为这里不同于人世，这里的月光就像躺在摇篮里熟睡的婴儿一样柔美，虽然到处都毫无生气，可是那些漆黑的白杨和坟墓却给人一种神秘、宁静、美丽、永恒之感。就连白色的石板、凋零的花朵和清香的秋叶，也能使人产生一种宽容、悲伤、安宁之感。

四周肃穆至极。星星俯视着大地，仿佛要参透这深奥的温顺之中所含的玄机。斯达尔采夫的脚步声很响，破坏了周围的气氛。就在他正想象着自己已经死去，被埋在了这里之时，远处传来了教堂的钟声，他这才意识到身边好像有人在盯着他。就在那一瞬间，他才醒悟这里并不安宁，也不恬静，只有无声的愁闷，以及因为没有出路而产生的绝望……

从外形上看，洁梅吉墓碑就像一座顶上立着一个天使的小教堂。里面埋葬的是意大利某个歌剧团的一位女歌手。很久以前，这个歌剧团路过这座城，碰巧其中一位女歌手在这时死去，于是他们就把她埋在了这儿，并立了这个墓碑。至于她是谁，本城的人已经不记得了。在月光的照射下，墓门上边的油灯就像着了火一样。

这里空无一人。也是啊，深更半夜的，谁会上这里来？可是，斯达尔采夫依然没有离开，还在继续等待。好像月光点燃了他的热情似的，他越等下去越兴奋，还暗自想象出了亲吻和拥抱的场景。他在墓碑旁边坐了下来，半个钟头之后又起身走上侧面的林荫路，拿着帽子一边踱步一边猜想这些坟墓里到底埋了些什么人。他想，坟墓里应该埋了很多妇女和姑娘吧，而且在她们活着的时候，她们的美丽、妩媚和热情每个深夜都会燃烧起来，让他们享受着温存和抚爱。唉，大自然太歹毒、太会捉弄人了！想到这里，斯达尔采夫内心充满了委屈，于是他决定呐喊一声，说他需要爱情并愿意为之付出任何代价。这时，被月光照得发白的一方方大理石，在他眼中都变成了女人美丽的胴体。在树荫里晃动的什么东西，在他眼里也变成了害羞的女人，令他感到一阵温暖。这种感觉简直是一种折磨，令他难受极了……

忽然之间，一块云彩像幕布一样遮住了月亮，四周顿时一片漆黑。秋天的夜晚原本就很黑，所以斯达尔采夫好不容易才退到门口，走出了墓园。大约过了一个半钟头，他才找到停车的巷子。

"我累得都快站不稳了。"他对潘捷列伊蒙说，然后舒舒服服地坐进了马车，心想，"唉，我要是没发胖就好了！"

三

第二天傍晚，他又来到了涂尔金家，准备向叶卡捷琳娜·伊凡若芙娜求婚。真不凑巧，叶卡捷琳娜·伊凡若芙娜虽然正在自己的房间里，但是她旁边还有一位理发师正在给她理发。理完发之后，她将会去俱乐部，那里有一场跳舞晚会。

他只得像以前一样坐在饭厅里，一边喝茶一边等她，这一等又等了好久。伊凡·彼得诺维奇看出他有些烦闷，就把手伸进坎肩的口袋，掏出一封信来。那封信是一位管理田庄的日耳曼人写来的，信上说"庄园里的铁器都坏了，墙上的泥灰也没有黏性了"，写得真好笑。

"也许他们会给她准备一笔丰厚的嫁妆。"斯达尔采夫心想，根本没有用心听伊凡·彼得诺维奇在说什么。

由于一夜都没有睡好，所以他就像是喝了甜甜的、能催眠的东西似的，老是发呆，他自己也意识到了这一点。虽然他头脑有些昏沉，但心里却非常高兴，只是他的头脑中同时又响起了另外一个既冰冷又沉重的声音："趁现在还有时间，快放弃吧！你可要想清楚了，像她那样的女人，是你理想的对象吗？要知道，她可是爱撒娇、爱使小性子的娇小姐，每天不睡到下午两点钟是不会起床的！而你呢？你只是一个地方自治局的医师，你的父亲也不过是一个教堂执事……"

"唉，这有什么呀？我根本不介意。"他想。

"而且，如果你和她结了婚，"那个既冰冷又沉重的声音反驳他说，"那么她的娘家人肯定会让你住进城里，这样的话，你连地方自治局的医师都做不成了。"

"唉，这有什么呀？"他想，"住进城里也不错呀，反正他们会给她准备一笔丰厚的嫁妆，我还用为家业发愁吗？"

不知道过了多久，叶卡捷琳娜·伊凡若芙娜才走进了饭厅。她穿着出席舞会的礼服，这件礼服袒胸露背，使她看上去既美丽又干净利落。斯达尔采夫一看见她，内心就对她充满了爱慕之情。他一言不发地看着她，看得出了神，只顾得上傻笑。

她跟他道了别。他自然也没理由继续待下去了，就站起来说他也该回家了，免得病人等急了。

"那我就不留您了，"伊凡·彼得洛维奇说，"您请慢走！还有，麻烦您顺便把格琪可送到俱乐部去。"

外面飘起了小雨，天又黑，所以他们看不清路。好在潘捷列伊蒙发出了一声嘶哑的咳嗽声，他们才猜出了马车的位置。这时，车篷已经支了起来。

"我走路时踩地毯，你走路时净说谎……"伊凡·彼得洛维奇一边说一边把他的女儿搀上了马车,"他走路时也说谎……走吧!再会!"

他们离开了涂尔金家。

"昨天我去墓园赴约了,"斯达尔采夫说,"您呢?您的心好狠、好毒啊……"

"您真的去赴约了?"

"没错,我按时去了,然后一直等您来,大约两点钟才离开。我等您等得好苦啊……"

"我是在跟您开玩笑。您既然不懂,吃了苦头也活该。"

叶卡捷琳娜·伊凡若芙娜知道他爱上了她,但她只想捉弄他。没想到他竟然真相信了,可见他有多么爱她。一想到他这么爱她,她就满意地笑了起来。忽然,她惊叫了一声。原来,马车这时猛然转了一个弯,然后进了俱乐部的大门,车身不由得歪了一下,所以吓到了想心事想得出神的她。斯达尔采夫见状,立即搂住了叶卡捷琳娜·伊凡若芙娜。她被吓坏了,就顺势依偎着他。这令他不由自主地在她的嘴唇和下巴上一阵热吻,抱她的胳膊也收得更紧了。

"您别闹了。"她冷冰冰地说。

没过多久,她就下了车。俱乐部一片灯火辉煌的景象,大门附近还有一个警察,他态度恶劣地冲潘捷列伊蒙大叫:"你这呆鸟,为什么在这儿停车?快走!"

斯达尔采夫坐车回到了家里。可是没过多久,他又回到了俱乐部。他跟别人借了一件晚礼服,还戴了一个领结。这个领结是白色的,不过它老是翘起来,好像根本不愿意待在领口上似的。午夜时,他和叶卡捷琳娜·伊凡若芙娜一起坐在俱乐部的休息室里,他一往情深地看着她说："嗯，从未爱过的人怎能知道什么是爱！我认为，时至今日都没有人真实地描述过爱情带给人的温柔、欢乐和痛苦，也没有人能够做到这一点；只要是爱过的人，哪怕他只爱过一次，那他也绝对不会想要用言语把这种爱表达出来……这些都是开场白。我又何必说这些来渲染气氛呢？何必要在说了那么多花言巧语之后再向您倾诉我无尽的爱呢……我恳请您，"斯达尔采夫终于鼓足勇气说出了他真正想说的话，"嫁给我吧！！"

"德米特里·姚内奇，"叶卡捷琳娜·伊凡诺夫思考了一会儿，然后表情严肃地开了口，"德米特里·姚内奇，您对我的厚爱，令我既感激又尊敬您，但是……"

接着，她站起来说："但是，请恕我不能嫁给您。我们有必要好好谈一谈。德米特里·姚内奇，您也知道我对艺术的热爱是其他任何东西都不能取代的。对我来说，音乐就是一切，我崇拜它，宁愿把我的一生都献给它，而且我也已经这么做了。我要成为一位有名望的艺术家，这样我才算成功，才能得到自由。可是如果我答应嫁给您，我就得留在这城里继续过这种空虚的生活，这是我无法忍受的。啊，我不要做太太！请您见谅！人活在世上，就要为一个崇高的理想而奋斗。如果我开始家庭生活，那么我的手脚就会被它束缚。德米特里·姚内奇，"她念着他的名字，嘴角露出一丝微笑，因为它让她联想到了"阿列克谢·斐奥斐勒科特齐"。"德米特里·姚内奇，您是个好人，而且很聪明，品行也好，总之，您比任何人都要好……我非常感激您，可是……可是……您也知道……"她的眼眶里含满了泪水。接着，她转身走出了休息室，免得眼泪忍不住掉下来。

斯达尔采夫不再感到不安。他走出俱乐部，刚走到街上就扯掉了领结，然后松了一口气。他没有想到自己会被拒绝，所以自尊心受到了伤害，有些不好意思。他原有的梦想和希望现在竟然变得像小戏剧的结局一样糟。一想到他的感情，他就觉得非常难过，恨不得立刻放声大哭，或者举起雨伞就敲潘捷列伊蒙那宽阔的背，把他狠狠地揍一顿。

接下来的三天，他都无法安心做事，也吃不香睡不着。直到他听说叶卡捷琳娜·伊凡若芙进了音乐学院，他的心才安定下来，生活也才慢慢恢复正常。

他当初在墓园里踱步的情景，以及他坐着马车全城跑，最后终于借到一套晚礼服的经过，他有时候也会再想起来，每当这时，他都会伸伸懒腰说："真是的，惹了多少麻烦事！"

四

四年的时光转瞬即逝。斯达尔采夫来城里看病的次数越来越多。他每天都会先给加利士的病人看病，然后再坐车去给城里人看病。他原有的那辆由两匹马拉的车，现在已经换成由三匹系着小铃铛的马拉了。他回家很晚，一般都要到深夜。他变胖了，还得了气喘病，所以他不喜欢走路。潘捷列伊蒙也变胖了，他越觉得自己变胖了，就越感叹、抱怨自己命苦，只能给人赶马车。

斯达尔采夫经常去各地走动，也认识了很多人，可是他跟谁都不亲近。他不喜欢城里人的谈话方式和外表，也不喜欢他们对生活的态度。经过一段时间的观察，他得出了一个经验：一个能够跟他一起打牌或吃饭的城里人，一般都是温顺的好人，甚至还有些聪明，可是就连他们也只知道谈论饮食，而对政治或科学一无所知，每当他提到政治或科学时，他们甚至会讲出一大堆恶毒的蠢话来，弄得他只好摆手作罢，然后一走了之。有时候，斯达尔采夫也会遇到一些思想开明的城里人。可是，当他跟这些思想开通的人谈起人类，说感谢上帝，人类多多少少还在进步，说不定什么时候就会取消公民证和死刑时，他们也同样会用狐疑的目光盯着他问："照你这么说，到那时人们就可以随心所欲地在大街上杀人了？"在交际场合，每当斯达尔采夫喝茶或吃晚饭时说到人必须工作，不然就没法生活时，大家也都会认为他在训斥他们，并因此而生气或争论不休。即便如此，那些城里人还是像以前一样无所事事，也没有什么事能够引起他们的兴趣。因此，斯达尔采夫跟他们简直无话可说，只好避免谈话，只是吃一点儿东西或是玩玩儿文特牌。即便他被办喜事的人家请去吃饭，他也一言不发，只是坐在那儿看着自己的碟子。席间，大家讲的都是一些无聊且有失公道的话，他虽然心里觉得无聊、愤怒甚至激动，可是嘴上却连一句话都不肯说。由于他老是一副阴郁的表情，而且只会默默地看着碟子，所以城里人就给他取了一个绰号——爱摆架子的波兰人。事实上，他并不是波兰人。

他从来不参加戏剧或音乐会这类娱乐活动，但是他喜欢玩儿文特牌，而且每天傍晚都会玩儿上三个小时。除了文特牌以外，他还有一种娱乐，这就是他逐渐养成的一个习惯。每天傍晚，他都会从衣兜里掏出他给人看病赚来的钱，然后把它们仔细地清点一遍。这些钱都是钞票，有黄色的，也有绿色的；有带香水味儿的，也有带香醋味儿的；有带熏香味儿的，也有带鱼油味儿的。有时候，他的衣兜还能够被这些钱塞满，这就意味着他又有了七十个卢布的进账。等攒够几百个卢布,他就会把它们一起拿到信用合作社去,存活期。

自从叶卡捷琳娜·伊凡若芙娜离开城里之后,斯达尔采夫只去过涂尔金家两次,每次都是被薇拉·约瑟夫芙娜请去治疗偏头痛的。在这四年里,叶卡捷琳娜·伊凡若芙娜每年夏天都会回城里来,跟她爸妈待一阵子再回音乐学院。他去过她家两回,却没有跟她见过一次面,连他自己也不知道怎么就错过了。

现在,四年都过去了。一个晴朗的早晨,德米德里·姚内奇在医院里收到了薇拉·约瑟夫芙娜写给他的信,信上说她很想念他,请他务必大驾光临以解除她的病痛。她还顺便提到了她今天过生日。在信的末尾,还有一行附言:"我也赞同母亲的邀请。"

斯达尔采夫想了想,傍晚时就动身去了涂尔金家。

"您好!"伊凡·彼得洛维奇皮笑肉不笑地迎接着他,"彭茹杰!""彭茹"是法语"Bonjour(您好)"的音译,"杰"是俄语动词字尾。它们俩连用,就成了一种不伦不类的语言,意在逗乐。

薇拉·约瑟夫芙娜的头上添了许多白发,她已经老了。她在跟斯达尔采夫握手时,故意地叹起气来:"医师,您已经没有兴趣向我献殷勤了,甚至连我们家您也不来了。我知道,这是因为我老得都配不上您了。不过,这儿还有一个年轻的姑娘,说不定她的运气会比我好一点儿呢。"

格琪可变瘦了,也变白了,变得比以前更加漂亮、苗条。不过,她现在只是叶卡捷琳娜·伊凡若芙娜,而不再是以往那个浑身充满朝气、一脸天真表情的格琪可。她的目光和神态里透着羞愧和胆怯,好像她并不是涂尔金家的一分子,只是一位客人似的。

"多少个秋冬都过去了!"她一边说一边向斯达尔采夫伸出了手,

好奇地凝视着他,心跳因兴奋而加快,"您变得胖多了,也晒黑了,看起来更像男子汉。不过,总体上说,您的变化还不算大。"

这时,他也觉得她变得更加漂亮了,只是在这份漂亮之外,她还少了或是多了一点儿东西。至于这东西到底是什么,他也说不清楚。换句话说,他对她无法再产生以前那种感觉了,他也不知道这里有什么东西在作怪。他看着她苍白的脸、淡淡的笑容以及她脸上的新表情,听着她的声音,心里有些讨厌。过了一会儿,他又开始讨厌起她的衣服,还有她坐的那张安乐椅。接着,他又想起了他当初想要娶她时所发生的一连串事情,心里更加讨厌了。四年前,他还因为她而充满了梦想和希望,现在再回想起这些来,他只觉得很不舒服。

大家用过茶点之后,薇拉·约瑟夫芙娜开始朗诵她写的一部小说。斯达尔采夫听她念着生活中绝对不会发生的事,瞧着她美丽的白发,希望她可以早点儿念完。

"不会写小说并不蠢,"他想,"写了小说却不藏好才蠢呢。"

"不错不错。"伊凡·彼得洛维奇说。

接着轮到叶卡捷琳娜·伊凡若芙娜了,她坐在钢琴前弹了好久,可是弹得一点儿都不悦耳。她弹完之后,大家都一个劲儿地向她表示感谢和赞赏。

"我当初没有娶她,的确是一件幸事。"斯达尔采夫心想。

她看着他,显然是在等他邀请她到花园里去,可是他却沉默不语。

"我们谈谈吧,"她走到他面前,有些神经质地对他说,"您怎么样了?在做些什么呢?过得好不好?在过去的这些日子里,我从未忘记过您。我原本打算给您写信的,还想亲自去加利士看您。可是,就在我决定动身时，我又改变了主意。现在，只有上帝才知道您是怎么看我的。我知道您今天要来，不知道有多兴奋，一直在等着您呢。请您看在上帝的分儿上，陪我到花园里走走吧。"

他们走进花园，坐在那棵老枫树底下的长凳上。天色跟四年前一样黑。

"您过得好吗？"叶卡捷琳娜·伊凡若芙娜问。

"就那样吧。"斯达尔采夫回答。

他再也想不出还有什么话可说了。两个人都沉默着。

"我很兴奋，"叶卡捷琳娜·伊凡若芙娜双手蒙住脸说，"希望您不要在意。我回到家之后就非常快乐。我看见任何人都会感到高兴，这让我有些不习惯。过去发生了那么多事，如果再提起来，恐怕到天亮都说不完。"

现在，他可以近距离地看见她的脸和放光的眼睛。在黑暗中，她显得比在房间里年轻多了，以往那天真的表情好像也回来了。她也确实在用天真、好奇的目光看着他，好像要近距离地看清楚并了解眼前这个男人，这个原本那么热烈、温柔地爱她的不幸男人。她用眼睛向他表达了她对这份爱情的谢意。于是，他回想起了那些往事，其中包括那些小细节，比如他在墓园里久久地踱步，直至快到清晨才筋疲力尽地回到家的情景。忽然，他的心头涌起了一阵悲凉和惆怅，同时还燃起了一团火。

"您还记得我送您去俱乐部的那天傍晚吗？"他说，"那时候，天下着雨，还很黑……"

他心头的那团火越烧越旺，令他忍不住打开了话匣子，抱怨起生活来……

"唉！"他叹了一口气说，"您刚才不是问我过得好不好吗？在这个地方，我们的生活能好到哪里去？哼，我们过得简直不是人过的日子。我们变得又老又胖，也没有了斗志。日子一天天过去，生活没有一丝光彩，也没有留下一点儿痕迹，更没有任何意义可言……我白天赚钱，傍晚就去俱乐部消遣。俱乐部里的那些人，一个个都是赌鬼、酒鬼，还有嗓音嘶哑的家伙，他们都让我无法忍受。这样的生活，能好到哪里去？"

"可是，您毕竟有工作和崇高的生活目标啊。那时候，您总是很喜欢谈论您的医院，而我这个怪女孩儿却不知道天高地厚，自认为是个了不起的钢琴家。事实上，现在只要是年轻的小姐，都会弹钢琴，我只是其中一员而已，并没有特殊之处。我弹钢琴的水平就像我母亲写小说的水平一样。那时候，我还不了解您，等到去了莫斯科，我才开始经常想念您，而且除了您以外别无他想。身为地方自治局的一位医师，为受苦的民众服务，一定非常幸福吧！"叶卡捷琳娜·伊凡若芙娜热情地重复说，"我在莫斯科的时候，每次一想到您，就觉得您是那么完美、高大……"

这时，斯达尔采夫想起了他每天晚上必做的事：兴致勃勃地从衣兜里掏出钞票清点。想到这里，他心头的那团火就熄灭了。

他站起身来向正房走去。她挽住了他的胳膊。

"在我所认识的人之中，您是最好的人，"她接着说，"我们应该经常聚在一起谈谈心的，您说是不是？答应我吧。我并不是什么钢琴家，也已经认识到了自己的分量。从此以后，我都不会再在您面前弹琴或讨论音乐了。"

他们回到了正房。在傍晚的灯光下，斯达尔采夫看见了她的脸。

她正用一对充满了悲哀和感激的眼睛凝视着他。这令他感到不安，心里暗想："幸亏我当初没有娶她。"

他向主人道别。

"根据法律，您没有任何权利不吃晚饭就离开，"伊凡·彼得洛维奇送他出门时说，"您这个态度太坚决了！喂，你来表演一出！"他走到前厅时对巴瓦说。

巴瓦已经不是当初那个小孩子了，他的嘴唇上留了胡子。他举起一只手，声音凄惨地说："去死吧，不幸的女人！"

这一切都让斯达尔采夫感到厌恶。他坐上马车，看着那乌黑的房子和花园，觉得它们不再像以前那样珍贵了。接着，他又回想起了薇拉·约瑟夫芙娜的小说、格琪可的美妙琴声、伊凡·彼得洛维奇的风趣话以及巴瓦的悲剧动作，这一切令他产生了这样的疑问：涂尔金家可是全城相当有才华的人，如果连他们都这么浅薄无知，那么这座城市的其他人又会怎么样呢？

三天之后，巴瓦来到加利士，他亲自送来了叶卡捷琳娜·伊凡若芙娜写的信。信是这样写的：

您为什么不来看我们了呢？您是不是已经变心了？我好担心啊，每次一想到有可能是这样，我就感到害怕。我需要您亲口说您并没有变心，这样我才能安心。来吧！

我要好好跟您谈谈。

您的叶·图

他看完信之后考虑了一会儿，然后对巴瓦说："伙计，你回去跟他们说我今天很忙,走不开,三天之后再去。"

可是,三天之后他并没有去,一个礼拜之后他还是没有去。有一次,他碰巧从涂尔金家路过,就觉得应该进去坐一坐,可是想了想还是没有进去。

从那以后,他再也没有去过涂尔金家。

五

好几年之后。斯达尔采夫比以前更胖了,满身的脂肪弄得他连喘气都费劲,走起路来需要把脑袋向后仰才行。他现在出门用的依然是那辆由三匹马拉的、铃铛会叮当作响的车。每当他把红光满面的肥胖身子塞进那辆马车,那个跟他一样肥胖、红光满面且后脑勺上长满了赘肉的车夫潘捷列伊蒙,就会坐上驾驶座,两条胳膊向前平伸得像木头一样,同时向路边的行人大喊:"靠右边走!"这幅画面可真是动人啊,会让人们觉得车里坐的不是人而是异教的神灵。他在城里的生意很忙,所以他连休息的机会都没有。他已经购置了一个田庄,城里还有两所房子,现在他又看中了第三所房子,而且这所房子的价格很合算。每当他在信用合作社里听说有人要卖房子,他就会无所顾忌地闯进那所房子,把各个房间都巡视一遍。有时候,房子里的妇女还没来得及穿好衣服,他就闯了进来,弄得妇女和孩子都惊慌地看着他。他对这些根本视若无睹,只顾用手杖戳各个房间的门,问:"这间是书房?这间是卧房?那间呢?"

他一边走一边说,同时气喘吁吁地擦掉额头上的汗珠。

他虽然事务繁忙,但是他仍然没有辞掉地方自治局的医师这一职务。为了钱，他可以跑遍任何地方。无论是加利士还是城里的人，都已经不再叫他斯达尔采夫了，而是简称他为"姚内奇[1]"。"姚内奇这是要去哪儿呀？""请姚内奇来会诊，您说行吗？"

他的喉咙一带堆了好几层肥油，所以他说起话来声音变得又细又尖。他的性情也变得凶暴起来。每次给病人看病，他都会发脾气。他一边用手杖敲打地板，一边用不堪入耳的声音大叫："请您直接回答我的问题，我不想听那么多废话！"

他没有结婚，一个人过着枯燥乏味的生活。没有什么事能提起他的兴趣。

他住在加利士的那些年，只遇到了一件快乐的事，那就是对格琪可的爱情。每天傍晚，他都会赶到俱乐部，先玩儿一会儿文特牌，再一个人坐在一张大桌子跟前吃晚饭。年纪较大且很懂规矩的服务员伊凡，会给他送上"第十七号菲特"酒。在这个俱乐部里，无论是主任、厨师还是服务员，都知道他的好恶，并且想方设法地迎合他。如果他们不这么做的话，就说不准他什么时候会愤怒地用手杖敲打地板。

他在吃晚饭时，偶尔也会转身打断邻桌人的话："你们在说谁呀？"

一旦有人提起涂尔金家，他就会问："哪个涂尔金家呀？那家的小姐是不是会弹钢琴呀？"

上述这些就是有关姚内奇的一切事迹。

至于涂尔金家，则没有什么变化。伊凡·彼得洛维奇还是像以前

---

[1] 俄罗斯人名由名、父称和姓构成，直呼姚内奇，就是直呼父称，有不尊重的意味。

一样年轻，也还是像以前一样爱说俏皮话、爱讲故事。薇拉·约瑟夫芙娜也没有变，依然像以前一样兴趣盎然地在客人面前朗诵她那朴实而又动人的小说。格琪可也依旧每天至少弹四个小时的钢琴，她明显地变老了，而且体弱多病，每年秋天都会跟她母亲一起去克里米亚疗养一阵子。伊凡·彼得洛维奇送她们上了火车。火车开动时，他一边擦眼泪一边大喊："再见啦！"

　　火车开走了，他挥动手绢。

公　差

村里死了人,县里的侦讯官和医师到下面了解情况,农村的愚昧、落后和野蛮让他们触目惊心。整篇小说中弥漫着一股"再也不能这样下去了"的反抗气氛。

绥沃涅亚村死了人。法院的代理侦讯官和本县的医师一起坐上雪橇，准备赶到那里去验尸。路上，他们遇到了暴风雪，绕了很久的路，才在天黑时到达目的地，而他们原本希望中午就能到那儿的。当晚，他们住在地方自治局的一间小木屋里。巧合的是，那具尸体就摆在这间小木屋里，死者里瑟涅茨齐是保险公司的代理人。三天之前，这个人来到绥沃涅亚村，暂住在地方自治局的这间小木屋里。听说他是开枪自杀的，但令人大感不解的是，在此之前，他还曾经叫人给他送过茶壶。小木屋里的桌子上还摆着茶壶和各种凉菜。也就是说，他是在摆好这些东西之后才自杀的，这令许多人都觉得不可理解。所以，他们都怀疑他并不是自杀而死的。于是，验尸就在所难免了。

医师和侦讯官走进前堂时，先抖了抖身上的雪，又跺了跺脚。站在他们旁边的是一位老人，这位老人是一名乡村警察，名叫依利亚·罗赛利，他手里正提着一个散发着浓浓的煤油味儿的小铁皮灯，给他们照亮。

"你是干什么的？"医师问老人。

"巡警。"乡村警察回答，他在邮政局签名时用的也是"巡警"这个名称。

"证人呢？"

"大概都去喝茶了，老爷。"

右边的房间很干净，是专为老爷准备的"客房"。左边是个杂物间，里面还摆了一个大炉子和一张高板床。医师和侦讯官走进右边那个干净的房间。乡村警察把那盏小油灯高举过头顶，跟在医师和侦讯官身后。这里的地板上摆着一具长长的尸体，上面盖着一条白色的床单，尸体旁边是一张桌子。借着那盏小油灯的微光，还可以在那条白色的床单下看见一双新的胶皮套鞋。屋里一片寂静，墙壁是乌黑的，再加上那张套鞋和那具一动不动的尸体，给人一种阴森的感觉，令人非常不舒服。桌子上摆着茶壶，只是茶壶早已变凉。茶壶周围还放着一些纸包，里面包的也许就是人们所说的凉菜吧。

"死者为什么会在地方自治局的小木屋里开枪自杀呢？真叫人百思不得其解！"医师说，"既然他打算让自己的脑袋吃枪子儿，那他就该把地点选在自己家里，比如在自家的杂物间里。"

他没有摘下帽子，也没有脱下皮大衣和毡靴，径直坐到了一条长凳上。他的同伴侦讯官则在他对面坐了下来。

"这些神经病患者和神经过敏者，都是不折不扣的自私鬼。"医师苦恼地说，"如果您跟一个神经过敏者住在同一个房间里，您会发现他可以无所顾忌地翻报纸，而不会担心报纸发出的沙沙声会影响到您；如果您跟一个神经过敏者一起吃饭，您会发现他可以旁若无人地跟他的妻子吵嘴。即便这个神经过敏者想要开枪自杀，他也会把地点选在地方自治局的小木屋，不然大家也不会有这么多麻烦了。这些老爷呀，无论是在什么情况下都只想着自己，根本不会替别人着想！正是因为这些人，我们这个时代才被老人们讨厌地称为'神经的时代'。"

"说到老人们讨厌的事儿，那可多着呢，"侦讯官一边说一边打哈欠，"只是老人们并不全知道而已，就说现在的自杀吧，它跟以前的自杀还不一样呢。从前的自杀者，基本上都是上流社会的人，他们自杀的原因无非是挪用公款什么的。可是现在不同了，自杀者大多是那些对生活感到厌倦、苦恼的人……这两种自杀，哪一种更好呢？"

"即便死者对生活感到了厌倦和苦恼，他也可以不把自杀地点选在地方自治局这间小木屋里呀，您说是不是？"

"真倒霉，"乡村警察说，"既倒霉又受罪。老爷，这两天以来，老百姓都担心得睡不着觉。孩子们哇哇大哭。挤奶的时候到了，可是女人们都吓得不敢走进牛棚……她们害怕会在黑暗中看到那位老爷的灵魂。当然了，她们只是一帮娘们儿，愚蠢得很。不过，有些男人也同样害怕啊。天刚黑，他们就不敢单独靠近这间小木屋了，即使要靠近，也是成群结队地行动。证人们也一样……"

医师是一个中年男子，名叫斯德尔齐科，他留着一把黑胡子，鼻梁上架着眼镜。侦讯官名叫勒仁，他的头发是浅黄色的。他刚刚大学毕业两年，身上还带着学生气，看上去并不像一个文官。他们俩一言不发地坐在那儿沉思。他们很懊恼来得太迟了。现在，他们得坐等到天亮，而此时才刚过五点钟。接下来陪伴他们的，将是漫长的傍晚和黑夜，还有烦闷、无聊、不舒服的床、蟑螂和寒冷。阁楼上和烟囱里传出暴风雪的哀号声。他们听着一阵阵的哀号声，觉得这一切都跟他们当初的期望和梦想相距甚远。接着，他们想到了他们的同代人，那些人如今正走在灯光明亮的城市街道上，或是坐在书房里看书，离他们好远哪。噢，哪怕他们现在只能在涅瓦大街上徘徊，或是在莫斯科的彼得罗夫卡走一圈，让耳边回响着动听的歌声，要不就是在饭馆里坐上一两个小时，他们也知足了，并且不惜为此付出任何代价……

"呼——呼——呼——呼！"阁楼上响起暴风雪的歌声，同时外面还不断地传来"砰砰"声，好像是小木屋外的招牌在随着暴风雪猛烈地摇晃。"呼——呼——呼——呼！"

"我不知道您有什么打算，我也管不着您，反正我不愿意留在这里，"斯德尔齐科站起身说，"现在才刚过五点，我根本睡不着，我要坐车去外面一趟。冯·德伍涅茨就住在距离绥沃涅亚村不过三俄里的地方。我要坐车去他家，过了傍晚这段时间再回来。巡警，去给车夫传个话，叫他不要把马卸下来。您呢，有什么安排？"他问勒仁。

"我也不知道，可能就躺在这里睡觉吧。"

医师裹了裹身上的皮大衣，出门去了。勒仁听见他在跟车夫讲话，接着铃声就响了起来，这意味着医师坐着由冻僵的马拉的车走了。

"老爷，您并不适合在这儿过夜，"乡村警察说，"还是去那边的房间住一晚吧。那边虽然有些脏乱，但是住一晚也不打紧。我立刻就去庄稼汉那里走一趟，去取一个茶壶过来，然后生上火，再给您铺一些干草，这样您就可以舒舒服服地睡上一觉了。"

没过多久，侦讯官就来到了杂物间，坐到一张桌子旁边喝茶。乡村警察罗赛利站在门口跟他说话。这位老人已经六十多岁了，他身形瘦小，还有点儿驼背，头发已经全白，淳朴的脸上挂着笑容，眼睛里含满了泪水，嘴里就像含着糖块似的吧唧响。他穿着短短的皮袄和毡靴，到哪儿都拿着一根拐杖。他看见侦讯官那么年轻，显然对侦讯官产生了怜惜之心，所以跟侦讯官说话时才会那么亲热。

"乡长菲德尔·玛格里奇吩咐过我，要及时把区警察局局长或侦讯官到来的消息报告给他，"他说，"所以，我现在要走了……还要走四俄里路才能赶到乡里，遇上这样的暴风雨，赶到乡里最快也得午夜。听啊，外面呼呼响。"

"不用乡长过来，他来了也做不了什么事。"勒仁说，然后一边好奇地瞧着老人一边问，"老大爷，您当了多少年的乡村警察？"

"多少年？整整三十年喽。在废除农奴制之后的第六年，我就开始当乡村警察了。到如今有多少年，您一算就知道了。从那时起，我就每天东奔西走的，根本没有假期。就算是在复活节那天，教堂里的钟声都响起来了，我也照样得背着背包赶路，在地方金库、邮局、警察局局长家、地方自治局、税务局、执行处、地主老爷家或庄稼汉家之间跑来跑去。总之，只要是正教徒的家，我都去过，去给他们送邮包、传票、税额通知书、信件、各种单据或表格什么的。没错，我的好老爷，现在时兴一种表格。这种表格只需要填上数字就可以了，颜色有黄色、白色和红色这三种。所有的老爷、牧师或富农，每年都得填个十来次，内容无非是种了多少、收入多少，比如黑麦、燕麦收了多少石或多少普特，干草又有多少，还有天气怎么样，就连各种虫子的名字都要写。当然了，他们想怎么写都可以，反正这只是例行公事。可是对我来说就不一样了，我就到处去发表格，再把表格一份一份地收回来。就说眼前这位老爷吧，根本就没必要给他开膛破肚。您心里也明白，这么做根本没什么用，只会弄脏您的手。可是，您还不是得照着规矩，辛苦地到这儿来走一趟？遇上这种事情，谁也没有办法。我这三十年，全都在为这些照规矩办的事东奔西走。夏天倒还没什么，因为天气既暖和又干燥；可是到了冬天或秋天，可就有得受了，我还差点儿被冻死甚至被淹死呢。唉，什么样的苦我没尝过。我还遇到过坏人，他们埋伏在树林里，抢走了我的背包；还有人打过我；官司我也打过……"

"打官司？为什么？"

"诈骗。"

"这到底是怎么一回事？"

"事情是这样的。您认识文书贺里尚浦·克里科里耶夫吧？他把别人的木板私自卖给了包工头，好从中骗钱。碰巧他打发我去饭馆里给他们买酒，然后我就莫名其妙地成了共犯。事实上，文书根本没有给过我钱，甚至没请我喝过一杯酒，可是因为我穷，人家就认为我没出息，把我和他一起带到了法院。他坐了牢，我因为上帝的保佑无罪释放。法庭还念了一份公文。法庭上的那些官儿，都穿着制服。老爷，我跟您说吧，我们这份差事，可不是一般人能干的！如果叫一个没干惯的人来干，他准得倒大霉，甚至丢掉小命。幸好我已经干习惯了，觉得这差事也没什么。天天跑习惯了，不跑反而会觉得腿痛，就更不用说待在家里了。待在乡公所里的时候，我就干给文书生火、送水或擦皮鞋这类活儿。"

"那你能挣多少钱？"勒仁问。

"一年挣八十四个卢布。"

"多少会有些外快吧？"

"外快？哪有！这年头的老爷们，不但很少赏人酒钱，反而变凶了不少，动不动就生气。无论是你给他送公文还是在他面前摘下帽子，都会惹他生气。他会对你说：'你走错地方了。''你是个满嘴葱臭味儿的酒鬼。'他还会骂你是笨蛋或狗崽子。当然了，你也会遇到一些和气的老爷，不过，你可别指望能从他们那儿拿到钱，他们不给你取各种外号来逗乐就已经很不错了。就说艾尔图西老爷吧，他确实是个和气的人，而且头脑很清醒，可是他一看见我，就会控制不住地大声嚷嚷，还给我取一个奇怪的外号，叫我……"

最后几个字，乡村警察说得含糊不清，而且声音很小。

"他叫你什么？"勒仁问，"请您再重复一遍。"

"行政人员！"乡村警察大声说，"他这样叫我已经有六年时间了。他说：'您好，行政人员！'不过，我也不介意，他爱叫就这么叫好了，愿上帝保佑他。有时候，也有太太会叫人赏我一杯酒或一小块馅饼，我就祝愿她健康。厚道的庄稼汉要大方一些，大部分都会赏我一些东西，因为他们对上帝充满了敬畏。在庄稼汉那里，我有时能吃上一小块面包，有时能喝点儿白菜汤，有时还能喝到酒。他们对我说：'罗赛利，你就代替我们守在这里吧。'接着，他们每个人都找出一个戈比，递给了我。他们不习惯待在这里，一想到死人就害怕。昨天，他们总共给了我十五个戈比，外加一盅酒。"

"难道您就不害怕？"

"我也害怕，老爷。不过，您也知道，我就是干这个的，不能因为害怕就撒手不管了。今年夏天，我押一个犯人进城，结果被他狠狠地揍了一顿！他可真狠哪！周围都是田野和树林，他打得我连躲都没地方躲。还有眼下这件事，情况也差不多。说到这位里瑟涅茨齐老爷，他小时候我就认识他，还认识他的父母。我家在尼德西拓洼村，里瑟涅茨齐老爷家距离我家最多一俄里，连我们两家的田地都是挨着的。他父亲老里瑟涅茨齐老爷有个姐姐，她是个心地仁厚的老处女，对上帝充满了敬畏。上帝啊，优丽亚一辈子都顺从您，请您让她的灵魂安息吧！她临死的时候，把她的财产分了出去。她分出了一百俄亩土地给修道院，二百俄亩土地给我们尼德西拓洼村的农民。可是她的弟弟，也就是老里瑟涅茨齐老爷，却藏起了那张纸。听说，他把那张纸放进火炉里了，这么一来，他就可以霸占原本属于他姐姐的所有土地了。他以为他这么做就万事大吉了，可是事情并没有完。在这个世界上，弄虚作假的事早晚会被人拆穿的，您就等着瞧吧。此后的二十年，老里瑟涅茨齐老爷都没有进教堂的门，更不用说去牧师那里忏悔了，甚至临死的时候都没有！他的肚子胀破了，就因为他太胖了。

"后来，少东家谢廖沙，也就是这位里瑟涅茨齐老爷，他欠了债，他们家的财产全都被人家拿去抵债了，一点儿都没给他们留下。他呢，又没有什么学问，做什么事都做不来。他那个在地方自治局执行处当主席的舅舅就想：'把谢廖沙弄到我这儿来，给他安排保险代理人这个简单的差事来做。'可是，这位少东家是个心高气傲的人，他想过的是又气派又有排场的日子，不想被别人管着。要他坐着一辆破板车在县里奔波，还要跟庄稼汉说话，他哪里受得了啊。他只顾埋头走路，一句话都不说。如果你在他耳边大喊：'谢尔盖谢·谢尔盖里齐[①]！'他最多会回过头来答应一声：'啊？'然后再继续朝地上看。现在呢，您也看见了，他干掉了自己。大人，这太不像话了，我怎么想都觉得不对头。如今这个世道，到底是怎么了？仁慈的主啊，没有人知道答案。当然了，您父亲是个有钱人，而您只是一个穷光蛋，所以您觉得心里难受，可是，这也是没办法的事，只要将就将就，您还是可以活下去的。老爷，我以前也过得很好。那时候，我有两匹马、三头奶牛、二十来只羊。可是现在，我只有这个背包，而且就连这个背包也是公家的。说句老实话，现在在我们尼德西拓洼村，再也找不到比我的房子更糟的房子了。跟我经历差不多的人还有洛可伊，他当初有四个听差，可是现在却做了别人的听差。彼得拉克也一样，他原本有四个雇农，现在却变成了雇农。"

[①] 廖沙的大名。

"您为什么会变穷呢?"侦讯官问。

"还不都是因为我那些儿子!他们死命地灌我酒。他们那种灌法呀,让我都不知道该怎么说,就算我说出来了,您也未必会相信。"

勒仁心想,他勒仁是早晚都会再回莫斯科的;可是,这位老人就不同了,他得永远地留在这里东奔西走。将来,他勒仁肯定还会遇到很多像这位老人一样的人,他们整天也是衣衫褴褛的,连头都不怎么梳,一副没出息的样子。他们这种人啊,以某种方式把十五戈比、一小杯酒,以及弄虚作假早晚会被人拆穿的思想紧密地联系在一起,真是可笑。后来,勒仁就不想再听老人说话了,于是吩咐老人拿一些干草过来给他铺床。客房里摆着一张铁床,铁床上还有现成的枕头和被子。可是,由于那个死人差不多在床边躺了三天,他在死之前也许还坐过那张床,所以勒仁就没有把那张床搬过来,免得到时睡在上面觉得不舒服。

"现在才七点半,这太恐怖了!"勒仁看了表之后暗想。

勒仁一点儿睡意都没有,可是又无事可做,所以就躺下去并盖上毛毯,希望时间可以悄悄地流逝。罗赛利在收拾茶具,他围在桌子旁边一边吧唧嘴一边叹气,跑进跑出了好几趟,然后才提着他那盏小油灯走了出去。勒仁就躺在老人身后,他看着老人那长长的白头发和佝偻的背,心想老人简直就像歌剧里的魔法师。

天黑了。不过,也许是因为月亮只是被云层遮住了一点儿吧,窗子和窗框上的雪都还清晰可见。

"呼——呼——呼!"暴风雪还在歌唱,"呼——呼——呼!"

"上——帝——啊!"阁楼上好像传来了女人的哀号声,"我——的——上——帝——啊!"

"砰！哗——啦！"门外有什么东西敲到墙上去了。

侦讯官侧耳听了听，才确定阁楼上的声音并不是女人的哀号声，而是风的怒吼声。他感到一阵寒意，就把皮大衣盖在了毛毯上，这才渐渐暖和起来。他想，身边的一切，包括暴风雪、小木屋、老人，还有在隔壁房间里躺着的尸体等，都是那么陌生、卑微而又乏味，跟他希望过的生活相距甚远。如果这是一起在莫斯科或莫斯科近郊发生的自杀案，那么他现在所进行的侦讯工作就会变得既有趣味又有意义，在这种情况下，说不定他还不敢一个人睡在尸体旁边的房间里呢。可是，事实却是这起自杀案发生在距离莫斯科一千俄里的地方，所以一切都好像不一样了。在这个地方，生活不像生活，人不像人，只有罗赛利口中所说的因为规矩才存在的东西。这些东西不会给人留下丝毫的印象。他勒仁只要出了绥沃涅亚村，就会立刻把它们全都抛在脑后。真正的俄罗斯地区是莫斯科、彼得堡，而不是这儿的移民区。任何一个想要大显身手，进而闻名天下的人，比如那些希望成为专门侦察特大案件的侦讯官、法院的检察官，或是上流社会交际家等角色的人，肯定都会想到莫斯科。生活也一样，只有莫斯科的生活才叫生活。这里可就不同了，这里能使人失去希望和反抗意识，甘愿做一个无名小卒；对于生活，只有赶快逃走这一个念想。于是，勒仁就开始幻想自己在莫斯科的情景。他在街道上跑来跑去，还去拜访了熟人、亲戚和同学。他又想，他现在才二十六岁，即便要等到五年甚至十年之后才能回到莫斯科，那也不算晚，从那以后的生活都是有希望的。一想到这里，他的心就甜蜜地缩紧了。后来，他的思绪又乱了，他变得迷迷糊糊的。于是，他就开始想象莫斯科法院的长廊、他站在法庭上发言的样子、他的姐妹们等，甚至还有一个乐队。不过，不知道为什么，这个乐队老是重复着单调的曲子："呼——呼——呼！呼——呼——呼！"

"砰！哗——啦！"门外又传来了刚才那种声音。

忽然，他想起了一件事。有一天，他正在地方自治局执行处跟一个会计说话，这时有一位先生走了进来。这个人瘦瘦的，脸色苍白，长着一对黑眼睛，留着一头黑发，目光中透着像是午饭后睡得太久的那种神情。如果不是这种神情，他看起来还是既秀气又聪明的。他脚上穿的是一双粗糙的高筒靴，这跟他的外貌很不相称。会计介绍说："这是我们地方自治局的保险代理人。"

"原来就是他……他就是里瑟涅茨齐……"勒仁现在才明白过来。

他想起了里瑟涅茨齐的低语声和走路的样子，感觉到身边好像真有一个人在学里瑟涅茨齐走路，不禁吓得心里一阵冰凉，于是惊恐地问："谁？"

"巡警。"

"你来这儿干什么？"

"老爷，我是来向您问话的。您刚才说过，不需要乡长过来，可是我担心他知道了这些会生气。他本来吩咐我给他传话的。我要去一趟吗？"

"走开！别拿这种事烦我……"勒仁郁闷地说，然后重新盖好毛毯。

"他可能会生气的……老爷，我还是去一趟吧。希望您在这儿能睡得舒服。"

罗赛利走了出去。不久之后，前堂里传来咳嗽声和低语声，像是证人们回来了。

"这些可怜人……天一亮我们就动手验尸,好让他们早点儿离开这里。"侦讯官想。

他刚刚昏沉沉地睡去,外面又传过来了脚步声。只是,这一次的脚步声不再像刚才的脚步声那样胆怯,而是既急促又大声。接着,房门就发出"砰"的一声响,然后是说话声和划火柴声……

"您睡了?"医师斯德尔齐科生气地问,他一副行色匆匆的样子,这时正在一根接着一根地划火柴,浑身的雪还在向外冒寒气,"您睡了?快起来,跟我一起去冯·德伍涅茨家,他派来接您的马车正在外面等着呢。走吧,到了那儿,您至少可以好好吃一顿晚饭,再睡上一觉。您看看,我可是亲自过来接您了。驾车的马很好,不出二十分钟,我们就可以到达目的地。"

"现在是什么时候?"

"十点一刻。"

勒仁已经有些睡意了,所以他很不情愿地穿上了毡靴和皮大衣,戴上了皮帽和长耳风雪帽,然后跟着医师一块儿走出了小木屋。外面虽然不再是严寒天气了,可是风还冷得刺骨。街道上,风卷着雪花飞舞,使得雪花看上去就像正在逃跑似的。围墙旁边堆着高高的积雪,台阶上也一样。浑身是雪的车夫见医师和侦讯官坐上了雪橇,就弯下腰把车毯扣到了他们身上,他们这才觉得暖和了一些。

"走!"

他们坐着雪橇在村子里穿行。"'掘开一道道松软的垄沟……'"侦讯官一边慵懒地想一边瞧着拉边套的马迈动四蹄。所有的小木屋里都是亮的,好像在准备过节似的。他知道,这是因为农民们都因为害怕那个死人而不敢睡觉。车夫也一言不发,而且一脸阴郁的表情,也许是因为刚才他在地方自治局的小木屋门口等得太久了,所以现在也在想那个死人吧。

"刚才,德伍涅茨一家听说您要留在那间小木屋里过夜,都责怪我了,怪我为什么不带您一块儿走。"

已经到村口了。就在转弯的当儿,车夫忽然扯开嗓门大叫起来:"让路!"

一个人从大路上闪了过去,然后站在齐膝的雪地里看着这辆三套马的雪橇。侦讯官看见这个人拄着一根弯柄的拐杖,留着一把胡子,腰里还斜挎着一个包,好像还在微笑。侦讯官心想,他会不会是罗赛利呀?可是,才一眨眼的工夫,这个人就不见了。

这条路原本是沿着树林边缘向前延伸的,后来就插进了树林里。他们眼前闪过一些老松树,然后是一片小桦树林,接着是一些橡树。这些橡树又高又细,孤零零地站立在一片空地上。不久以前,这里还长着很多大树,如今它们已经被砍伐了。没过多久,一切就在雪雾中混成了一团。车夫说,他看见了一片树林。侦讯官则说,除了那匹拉边套的马之外,他什么都看不见。风吹着他们的后背。

忽然,马停了下来。

"喂,出了什么事?"斯德尔齐科生气地问。

车夫一言不发地下了驾驶座,绕着雪橇快速地奔跑,并逐渐扩大包围圈。他那副样子,就像在跳舞一样。最后,他跑回来,驾着雪橇拐向了右边。

"怎么了?是不是迷路了?"斯德尔齐科问。

"没——什——么。"

他们来到了一个黑灯瞎火的小村子。又是树林和田野,这就代表着他们又迷路了。于是，车夫又跳下雪橇开始跳舞。接着，这辆三套马的雪橇就上了一条黑暗的林荫路，快速地奔跑起来。那匹拉边套的马性子很烈，一边跑一边碰击着雪橇的前部。树木发出呼啸声，叫人一听就害怕。周围一片漆黑，雪橇好像冲进了一个深渊一样。突然，他们看见了门口和窗户里的灯光，听见了忽高忽低的狗叫声，还听见有人在说话……他们到达目的地了。

到了前厅，他们脱下了皮大衣和毡靴。楼上有人在弹《一小杯柯里科酒》，还有孩子在跺脚。这是一座古老而又干净的宅子，里面充满了温暖的气氛，令在里面生活的人们感到既温暖又舒适，好像外面根本不是冰天雪地似的。

"这样才好，"冯·德伍涅茨一边说一边握了一下侦讯官的手，他是一个留着一把络腮胡子、脖子奇粗的胖子。"这样才好啊。欢迎您，很高兴能认识您。您不知道，我们说起来还算是同行呢。我曾经做过两年的副检察长，后来才来到了这里，一心料理家事，不知不觉就变老了，是个十足的老家伙了。欢迎啊，"他接着说，只是声音压低了一些，显然是怕说话太大声了。然后，他就和客人们一起上了楼，"我的妻子已经过世了，请允许我介绍我的女儿们给各位认识。"

说完这些，他就转身对楼下大叫起来："告诉伊可纳德，就说我明天早晨八点钟会用雪橇，要他提前把雪橇准备好！"

他的四个女儿都在大厅里。她们个个都长得年轻貌美，都穿着灰色的连衣裙，就连发型也是一样的。她们的表姐也在，她也是个招人喜爱的年轻人，还带着几个孩子。斯德尔齐科已经认识她们了，所以立刻就请她们高歌一曲。有两位小姐一再声明她们不会唱歌，而且没有乐谱。后来，她们的表姐就走到钢琴旁边，坐在椅子上弹了起来。

小姐们这才颤声唱了起来，唱的是《黑桃皇后》里的二重唱。接下来弹的又是《一小杯柯里科酒》，于是孩子们就用脚打起了拍子。斯德尔齐科也跟着跳了起来。大家都开怀大笑。

孩子们道过晚安之后就去睡觉了。侦讯官一边笑一边跳卡德里尔舞，同时还不误向小姐们献殷勤，心里觉得这一切都像一场梦。不久以前，他还身处地方自治局的小木屋，睡在墙脚堆着干草、周围传来沙沙的蟑螂声的杂物间里，见识了令人厌恶的贫苦，听到了证人们的说话声，遭遇了暴风雪和迷路的危险。可是现在，他面前却是明亮、豪华的房间，耳边传来钢琴声，以及美丽的姑娘和头发卷曲的孩子发出的欢乐而幸福的笑。这种转变实在太大了，在他看来简直就像神话一样。更令人难以置信的是，这种转变就发生在一个小时以内，而且两地相距不足三俄里。思想乏味时，他连欢乐都懒得寻找了。他心里老是在想，这一带的生活还算不上生活，只是生活的一个断面，所以不能由此就对这里的生活下结论。他在想起那些姑娘时，甚至感觉有些惋惜。她们现在在这个与文化中心相距甚远的穷乡僻壤生活着，将来也可能会继续生活在这里，直至走到生命的终点。可是在文化中心，所有的事就是必然的了，一切都是那么合乎情理。就拿自杀来说吧，在文化中心发生的任何一起自杀案都是很容易弄清楚原因的。无论是它发生的原因，还是它在生活中的意义，都很容易说个明白。可是他现在身处穷乡僻壤，无法理解这儿的生活，也不认为这里的生活是真正的生活。如果是这样的话，那就代表这里根本没有生活。

在饭桌上，大家提到了里瑟涅茨齐。

"他不但有妻子，还有一个孩子……"斯德尔齐科说，"这个神经病！如果我有足够的权力，我会禁止神经病患者或神经过敏者娶妻，以免他们又生出像他们一样的人。在世上留下一些神经不正常的孩子，无疑也是犯罪的。"

"这个年轻人很不幸，"冯·德伍涅茨说，然后一边叹气一边摇头，"如果一个人选择了自杀，那他事先得承受多大的思想煎熬，才能下定决心啊？唉，他还那么年轻！这样的不幸，在每个家庭都有可能发生。这种情况真是太可怕了，同时也是令人难以忍受的……"四位小姐都一言不发地听着，同时一脸严肃地看着她们的父亲。这时，勒仁觉得自己也应该开口说几句，却又不知道该说什么，就随口说："啊，自杀是一种坏现象。"

晚上，他睡在一个温暖的房间里。软和的床上铺着一条干净的细布床单，床单上铺着被子。可是，他睡在上面却并没有感到舒适，不知道为什么。是因为在隔壁房间里，医师和冯·德伍涅茨一直在谈话，而且没有停下来的意思？还是因为烟囱里的暴风雪声就像地方自治局那间小木屋里的暴风雪一样嚣张，不断地传来"呼——呼——呼"的哀号？也许两者都有吧。

两年前，德伍涅茨的妻子过世。直到现在，德伍涅茨还是忘不了她，每次说话都会提起她，已经不再像一个检察官了。

"将来，我会不会落到德伍涅茨这个地步？"勒仁一边想一边隔着墙壁听着那边的动静，然后在德伍涅茨那压抑、孤苦的低语声中昏昏入睡。

侦讯官虽然睡着了，却睡得不踏实。屋里热得难受。他梦见自己并没有躺在德伍涅茨家里那张既软和又干净的床上，而是依旧躺在地方自治局那间小木屋里的一堆干草上，耳边还有证人们的低语声在回响。他还感觉到了里瑟涅茨齐的气息，那气息就在离他十五步远的地方。即使在梦里,他也在想地方自治局的保险代理人,想到了这个白脸黑发的人是怎样带着满脚的灰尘走到会计员的办公桌旁边的,还想到了'这是我们地方自治局的保险代理人'这句话……后来,侦讯官又梦到了洛沙津,他正和里瑟涅茨齐并肩走在田野上、雪地里。他们相互搀扶着迎接头顶的暴风雪,对身后的风也置若罔闻,一边走一边唱:"我们向前走,走啊走,一直走。"

老人就像歌剧里的魔法师,而且他们就像是在剧院里唱似的:"我们向前走,走啊走,一直走……你们那儿明亮、温暖、舒适,我们这儿却只有严寒,我们冒着暴风雪奔波在深深的雪地里……我们不曾有过安宁和欢乐,肩负的却是我们和你们的全部生活重担……呜……呜……呜……我们向前走,走啊走,一直走……"

勒仁被惊醒,之后就从床上坐了起来。这个噩梦真是既混乱又荒唐啊,保险代理人怎么会和乡村警察在一起呢?想到这里,勒仁的心怦怦地跳了起来。他两手抱头坐在床上想来想去,发现保险代理人和乡村警察在生活中确实有共同之处。在生活中,他们不就是肩并肩地互相搀扶吗?这两个人之间的联系,虽然是肉眼所看不见的,却真实地存在着,而且是必需的、有意义的。这种联系不但存在于保险代理人和乡村警察之间,还存在于他们和德伍涅茨之间,甚至是所有人之间。即便是在最荒凉、最贫瘠的地方,也没有一件事是偶然发生的,任何事情都有一个共同的思想,甚至还有共同的实质和目标。这一点,并不是光靠思考和推断就能够理解的,还需要对生活有洞察力。而这种洞察力,显然不是所有人都具备的。只有视生存为偶然的人,才会认为那个不幸的"神经过敏者"因伤透心而自杀的现象是偶然的,也才会认为那个每天都为人奔走的老农民只是生活的片断。相比之下，那些视生活为一个既神奇又合理的整体并理解生活的人，却认为自己是这个整体中的一分子。这种想法，早就已经在勒仁的心里形成了，只是直到现在才充分地凸显出来而已。

他重新躺下来，渐渐进入了梦乡。他又梦见了他们。在梦里，他们正在一边走一边唱："我们向前走，走啊走，一直走……我们过着苦难、哀痛至极的生活，你们却活得那么轻松、快乐。如果没有我们，你们哪里能够在坐着吃晚饭时冷静地议论我们为什么会受苦，又为什么会死亡，而不能像你们那样健康、富足地生活？"

在此以前，勒仁也曾想过他们唱的内容，只是这种想法总是隐藏在别的想法后面而已，即便他偶尔会闪现一下，也会像远处弥漫在大雾中的灯火一样显得有些怯弱。一想到这起自杀案，还有那个每天都为人奔走的不幸老农，他就觉得自己应该对他们负责。这些人对命运是那样顺从，他们身上还背负着生活中最沉重的黑暗，如果我们再对他们视若无睹，那么结果该有多可怕呀！既然我们对他们视若无睹，那么我们就不能再巴望生活是充满快乐和满足的，更不能奢望我们就在这种生活中过着光明而又热闹的日子。否则，我们这种愿望就会相当于渴望新的自杀。至于自杀的人，自然是那些被劳累和烦恼压垮的人，或是那些因为软弱而被生活抛弃的人。人们很少会提及他们，最多也只是偶尔在晚饭桌上聊一聊，而且对他们的态度只有厌烦和讥消，而没有想过要去帮助他们。

接着，他们又唱了起来："我们向前走，走啊走，一直走……"这个声音就像小锤子一样敲在他的太阳穴上。

第二天一大早，勒仁就被一阵嘈杂声吵醒了，他觉得头痛得厉害。原本是冯·德伍涅茨从隔壁房间里发出的声音，他正在大声地对医师说:"现在这种天气,您还不能走。您看看外面吧,都成什么样子了!您别再跟我争,还是问问车夫愿不愿意送您走吧。不过,看现在这天气,您就是给他一百万他也不会愿意。"

"可是,那里离这儿又不远,只有三俄里啊。"医师的语气里充满了恳求。

"就算只有半俄里也不行,您不用再跟我争了。您要是坐着车子走出大门,不到一分钟就会迷失方向,这跟进了地狱没什么两样。我不管您心里怎么想,反正我是不会让您离开这里的。"

"到了傍晚,也许这场暴风雪就能停了。"一个农民一边说一边生炉子。

医师讲到了俄罗斯恶劣的自然环境,说它不但对俄罗斯人的性格造成了很大影响,还限制了人们活动的自由、阻碍了人们智力的发育。勒仁听着这些议论,觉得烦躁极了,于是他就看着窗外。窗外,围墙边堆满了积雪,白色的雪花充满了整个空间,积雪把树木压得一会儿拼命地向右弯,一会儿又向左弯。风呼啸着,所到之处响起了一阵阵"砰砰"的声音。勒仁心情沉郁地想:"唉,只不过是天气不好而已,他也能从中引起这么多大道理来!最多也就是一场暴风雪嘛……"直到中午,他们才吃了早饭,之后就在这所房子里漫无目的地踱步,然后站在窗前沉思。

"里瑟涅茨齐还在那边躺着呢,"勒仁一边想一边看着窗外,看见雪花被狂风吹卷起来,在雪堆上疯狂地转着圈子,"里瑟涅茨齐还在那边躺着,证人也在那边等着……"

大家谈到了天气,说暴风雨最多闹两天两夜就会停下来,因为以往都是这样的。下午六点钟,大家吃了午饭,然后打牌、唱歌、跳舞，接着再吃一顿饭。吃过第三顿饭，这一天就算过去了，大家都去睡了。

第三天将近黎明时分，暴风雪停了。早晨，人们都起了床。窗外，光秃秃的柳树纹丝不动地站在那儿，柳枝无力地耷拉着。阴沉的天空中没有一丝风，就像是大自然在为自己的行为忏悔似的，忏悔它不该为了放纵自己的情感在夜晚疯狂地肆虐。早晨五点钟的时候，车子就已经套上了马，然后在台阶边排成纵队，随时等候使用。天色大亮时，医师和侦讯官穿上皮大衣和毡靴向主人道了别，然后走到了门外。

车夫旁边多了一个人，正是勒仁熟悉的"巡警"依利亚·洛沙津。罗赛利没戴帽子，浑身是雪，肩上斜挂着一个旧皮包，红彤彤的脸上汗水直流。这时，一个听差走了出来，他走到客人身边，扶他们上了雪橇，还给他们盖住了腿。他看到罗赛利，严厉地对罗赛利说："老鬼，你为什么要站在这儿？快走开！"

"老爷，老百姓安不下心来……"洛沙津满脸笑容地说，他很满意自己总算看到了他等了那么久的客人。"老百姓安不下心来，孩子们哇哇大哭……他们都以为你们又回城了呢……恩人哪，请你们发发善心吧……"

医师和侦讯官一言不发地坐上雪橇，径直向绥沃涅亚村前进。

主　教

小说描写了一个主教之死。死神快要降临了,但他不想死,他觉得自己还没有得到一种顶重要的东西,一种他过去朦朦胧胧地向往过的东西。但最后他还是死了。

一

基督苦难主日[①]前夜的古彼得罗甫斯基修道院，人们正在举行晚祷。将近十点钟时，教堂里开始分发柳枝。这时候，烛心结了花，烛火渐渐变暗，一切都像被迷雾笼罩了一样。人群像海洋一样在这一片昏暗里浮动。彼得主教这三天身体都不舒服，所以在他看来，所有人的脸都是一样的，不分年老、年少，也不分男女，就连他们眼里透出的神情也是一模一样的。大门被迷雾笼罩着，人群虽然一直在走动，却好像怎么也走不完似的。在妇女合唱队的伴唱下，一位修女在朗诵着赞美诗。

天气闷热至极！这个晚祷太漫长了！彼得主教累得呼吸沉重而又急促，喉咙里干干的，两个肩膀又酸又痛，两条腿直发抖。有时候，合唱队那边还会传来某个狂热教徒的大叫声，他听了非常不舒服。突然，主教就像进入了梦境，或是陷入了昏迷之中，只觉得眼前浮现出他已经九年没有见过面的母亲玛莉亚·季洛菲叶芙娜，也许只是某个跟他母亲长得很像的老太婆，正穿过人群向他走来。她从他手中接过柳枝就走开了，却带着一脸善意而又快乐的笑兴奋地盯着他看。之后，她就被人群湮没了。不知道为什么，他的眼泪悄悄地流了下来，内心慢慢平静下来，一切都变得顺利起来。他定睛看了看左边正在朗诵的唱诗班，可是暮色昏暗，他一个人也看不

[①] 基督教节日，在复活节前一周的星期日，因耶稣在本周被出卖、审判直到被处十字架死刑而得名。

清。看着看着，他又哭了，泪水打湿了他的脸和胡子。接着，他身边也有人哭了起来，片刻之后，远处也响起了哭声。后来，哭的人越来越多，轻轻的涕泣声渐渐充满了整个教堂。大约过了五分钟，修女们唱起了合唱，之后就没有人再哭了，一切重新恢复原状。

过了一会儿，祈祷结束。主教坐上轿式马车，准备回家去。这时，整个花园都沉浸在月光之中，名贵而又沉重的钟发出清脆的"当当"声。在主教的眼里，白色的墙、白色的十字架、白色的桦树、黑色的阴影，还有那个高挂在修道院上空的月亮，这时好像都不为人类所理解，只顾过着自己的特殊生活，可是它们同时又离人类那么近。四月初的春日，白天很温暖，到了晚上，天气就变得有些寒意了，清凉的空气还能让人感到春天的气息。从修道院通向城里的路铺着沙土，马车走在上面，根本走不快。在马车旁边，有一些虔诚的祈祷者正沐浴着明亮而又恬静的月光，慢慢地走在沙土地上。大家都一言不发地沉思着。周围的树木、天空还有月亮等，都显得年轻而又和蔼可亲。如果这一切永远都不改变，那该多好啊。

轿式马车驶上城里的一条大街之后，开始奔驰起来。商店基本上都关门了，只有富商叶勒吉的铺子里还亮着灯，原来他在试验电灯。闪烁的灯光招徕了一群人前来围观。接着，马车上了一条宽阔却很昏暗的街道。之后，马车又穿过了好几条空无一人的街道。最后，马车来到了城外那条由地方自治局修筑的大道。一阵松树的清香从旷野里迎面扑来。忽然，眼前出现了一道有雉堞的白墙，墙内高高的钟楼沐浴着月光，钟楼旁边有五个又大又圆的房顶，这些房顶全都闪烁着金黄色的光芒。这里就是班格勒西耶夫斯基修道院，也是彼得主教居住的地方。修道院上空，也一样是那个明亮而又恬静的月亮。那辆轿式马车驶进大门，走上一条沙土路之后就"嘎吱嘎吱"地响了起来。月光下，修道院各处都有几个修士在活动。他们的身影一闪而过，石板路上响起一串串脚步声……

"主教大人，在您离开的时候，您的母亲来过了。"修士报告说，这时主教正好走进自己的住所。

"我母亲来过？什么时候？"

"晚祷之前。她老人家来到这儿之后，先打听了您的去向，然后就坐车去了女修道院。"

"这么说，我刚才在教堂里没有看错，那个女人的确是我母亲！噢，上帝啊！"主教说，同时快活地笑了起来。

"主教大人，她老人家吩咐我说，等您回来了就告诉您她明天会再来。"修士接着说，"她还带着一个小姑娘，那个小姑娘看起来像是她的孙女。她老人家现在住在奥浦谢里科夫客栈。"

"现在几点钟了？"

"刚刚十一点。"

"哦，真是糟透了！"

主教在客厅里坐了一会儿，好像不相信现在都这么晚了，可是又拿不定主意是去还是不去。他的胳膊和腿都又酸又痛，后脑勺很痛，身上热得难受。他又歇了一会儿，然后就走进卧室，坐在那里想着母亲。这时，外面传来那个修士走出去的声音，隔壁传来修士司祭希沙依的咳嗽声。接着，钟声响起，已经十一点一刻了。

主教换好衣服之后开始念睡前的祈祷词。这些祈祷词很古老，对他来说也非常熟悉。他一边念一边想着他的母亲。她有九个子女，孙子孙女加起来将近四十个之多。她从十七岁开始就跟她身为助祭的丈夫一起住在一个贫穷的村子里，一住就住到了六十岁。主教还记得他大约三岁时的情景，以及她当时的模样。那时候，他是多么爱她啊！对他来说，他的童年时代既珍贵又难忘。遗憾的是，这段时光再也不会回来了，而且好像显得比当时的真实情形还要光明、快乐、丰富，这到底是为什么呢？他童年和少年时，每次身体不好，母亲都会温柔、体贴地照顾他。此时此刻，他的祈祷里掺入了太多的回忆，这些回忆像火一样越烧越旺，更加激起了他对母亲的怀念，可是他的祈祷却没有受到影响。

  主教祈祷完之后就脱下衣服，然后躺在床上，眼前立刻浮现出他的母亲、他早已过世的父亲，还有他的家乡里瑟布利耶村。在他的家乡，车轮"嘎吱嘎吱"地响，羊群咩咩地叫，教堂里的钟声在晴朗的夏日清晨里响起，窗子前面站着茨冈人……他一想到这些，心里就一阵甜蜜。接着，他又不由自主地想起了里瑟布利耶村的司祭希梅安。希梅安性情温和，为人安分，而且心地善良。他长得并不高，还身形瘦削，可是他那个在宗教学校读书的儿子却长得很高大，只是说话声音很小，脸上还带着一副恶狠狠的样子。有一次，这位学生怒骂他家里的厨娘说："你——耶户[①]的这头母驴，哼！"希梅安虽然听到了这句话，却愧疚得什么都没说，因为他记不得这头母驴在圣经的什么地方有记载了。希梅安离开里瑟布利耶村之后，接替他来当司祭的是杰米扬。杰米扬嗜酒，有时会喝得烂醉如泥，因此有人叫他"醉汉杰米扬"。里瑟布利耶村的教师名叫麦特里·尼古拉依齐。他原本是宗教学校的学生，后来做了老师。他心地善良，

[①] 耶户（？—前815年）是古代北以色列王国的第十一任君主，以驾车迅猛而出名。

为人聪明，但是他也嗜酒。他从未打过学生，却总喜欢在墙上挂一小捆桦树枝，还在桦树枝下面写了一行拉丁文，其大意是"鞭打儿童用的桦树枝"。他为什么要做这种没有任何意义的事呢，没有人知道。他有一条毛发蓬乱的黑狗，他叫它辛得格西斯①。

想到这里，主教笑了起来。在距离里瑟布利耶村八俄里的地方，有一个名叫奥布涅如的村子，那个村子里有一个能显灵的神像。夏天的时候，人们会像举行宗教仪式一样排成队列，然后抬着这个神像走出奥布涅如村，敲着钟向附近的村子前进。他们这会儿还在这个村子，过一会儿就去了另外一个村子。每到这个时候，主教就会觉得空气里都洋溢着欢乐。那时候，他叫巴夫鲁沙，没戴帽子也没穿鞋就跟着圣像走来走去，内心充满了纯朴的信仰，脸上挂着纯朴而又幸福的笑容。现在想想，奥布涅如村好像总有很多人。那里的司祭阿里格赛为了有充分的时间做奉献祈祷，就叫来他那耳聋的侄子依勒利昂，让他侄子诵读圣饼上祈福者和祈求灵魂安息者的名单。依勒利昂就念了。有时候，阿里格赛会给依勒利昂五个或十个戈比作为报酬。就这样，依勒利昂直到头发发白、头顶变秃，快走完这一辈子，才忽然在一张纸条上发现这么几个字："依勒利昂是个大傻瓜！"巴夫鲁沙在十五岁之前都是笨笨的，因此他的学习成绩并不好。因为这一点，他的家人还想过不让他再去宗教学校读书，而打算把他送到小铺里，让他给人当学徒。有一次，他在去奥布涅如村取信时，久久地盯着邮局里的职员，然后问他们："请问你们的薪水是怎么算的？是按月还是按天？"

---

① 这个名字的意思是"句法学"。

主教在胸前画了一个十字,然后翻了翻身,想甩掉回忆好好睡一觉。可是,他一想起修士对他说的话就笑了:"我母亲来了……"

月亮透过窗户洒在地板上。有一只蟋蟀在叫。隔壁房间里传来希沙依苍老的鼾声,鼾声中透露出孤苦无依甚至是漂泊无定的意味。由于希沙依曾经是教区主教的管家,所以现在人们都叫他"原先的管家牧师"。如今,希沙依已经年过七十,他的住所在十六俄里之外的一个修道院里。不过,有时候他也会在城里住上一阵子。三天前,他路过班格勒西耶夫斯基修道院。主教为了能够在空闲时跟他谈论公事,随便说说城里的情况,就让他暂时留下来了。一点半钟,做晨祷的钟声响了起来。听声音,能够得知希沙依咳嗽了一阵,接着一边不满地嘟哝着一边起了床,然后打着赤脚在各个房间里走动。

"希沙依牧师!"主教大叫。

希沙依立刻走回自己的房间,不一会儿就举着蜡烛来到了主教的房间里。他已经穿上了靴子。他的内衣外面罩了一件法衣,头上戴的一顶法冠已经旧得褪了色。

"我睡不着,"主教从床上坐起来时说,"可能是生病了,只是我不知道是什么病。我发烧了!"

"大主教,您可能是着凉了。用蜡烛油擦擦身子,也许就好了。"希沙依站在那儿一边说一边打哈欠,"噢,上帝啊,我是个罪人,请您饶恕我吧!今天,叶勒吉的铺子里点上电灯了,我不喜欢这样!"希沙依继续说,他一脸苍老,身形瘦削,还有点儿驼背,一双长得像虾眼一样的凸眼睛里喷射出愤怒的光芒,好像对什么事都不满似的。

希沙依走出主教的房间时,又重复了一遍:"不喜欢!就是不喜欢！去它的吧！"

二

第二天是复活节前的最后一个星期日。主教先到本城的大教堂做弥撒，接着先后去了教区主教和一个年老多病的将军夫人家里，之后就坐车回家了。一点多钟时，他母亲和他八岁的外甥女卡佳已经来到他家了。吃午饭时，春日的阳光透过窗户射了进来，欢快地照在白色的桌布上，还照亮了卡佳那一头棕红色的头发。花园里，白嘴鸦在不停地叫，椋鸟在唱歌，它们的声音透过双层窗子传进了屋里。

"自从我们上次见面到现在，已经九年过去了，"老母亲说，"上帝啊，昨天我在修道院里一眼就认出了您，因为您几乎没什么变化，只是比九年前瘦了一些，胡子也变长了。圣母啊圣母！昨天，大家在晚祷时都忍不住哭了。我刚开始只顾盯着您看，后来也突然哭了起来，连我自己都不知道为什么。这肯定是上帝的旨意！"她说话的时候，口气虽然很亲切，可是其中却带着拘束感，好像不知道用"你"还是"您"来称呼他更合适，也不知道该不该笑，好像她并不是他的母亲，只是一个助祭的妻子而已。

卡佳一直盯着她那身为主教的舅舅看，好像这样看就能弄清楚他是什么人似的。她的头发用梳子向上梳着，上面还系了一根丝绒带，看上去就像一个光环。她长了一只狮鼻，眼睛里透着调皮。在吃午饭之前，她已经打碎了一只玻璃杯。现在，她外婆一边跟她舅舅说话，一边不时地移开她面前的茶杯或酒杯。母亲的话，勾起了主教对往事的回忆。主教想起了许多许多年以前,她带着他们兄弟姐妹去她认为阔绰的亲戚家里……那时候,她是在为她的儿女奔波,现在,她又要为她的孙子孙女奔波了。这回她带着卡佳来找他,就是最好的证明。

"您的姐姐瓦连卡总共生了四个孩子,"老母亲说,"卡佳最大。您的姐夫伊凡牧师突然生病,在圣母升天节的前三天去世。上帝啊,谁知道会发生这样的事呢!我可怜的瓦连卡,她现在恐怕得出去要饭了。"

"尼卡诺尔过得还好吧?"主教问,尼卡诺尔是他的大哥。

"感谢上帝,他的日子虽然不太好,不过总算还过得去。只是,他家有一件事让我很挂心,就是他的儿子——也就是我的孙子尼古拉沙不愿意进教会当差,却到大学里做了医师。他觉得这样也不错,可是我不敢确定啊。不过,话又说回来了,不管好不好都是上帝的旨意。"

"尼古拉沙会把死人的肚子割开。"卡佳说,同时打翻了水,水流到了她的膝盖上。

"孩子,听话,乖乖地坐好,"她外婆一边说一边拿下了她手里的玻璃杯,"先来祷告一下,然后就能吃饭了。"

"我们好久都没见面了!"主教说,同时温柔地抚摸着母亲的肩膀和手,"妈妈,我当初在国外的时候就很想您,非常想!"

"谢谢。"

"傍晚的时候,我经常会独自坐在一扇敞开的窗户前面。每当听到有人奏起乐曲,我的心里就非常想念家乡。那时候,我好像什么都可以不要,只要能回家见您就行了……"

他母亲满脸放光地微笑起来，可是马上又变得严肃起来，说："谢谢您。"

不知道为什么，他的心情突然变糟了。他透过母亲的表情和声调，觉察出她对他是充满了恭敬和胆怯之情的，这样的她让他觉得很陌生。她以前并不是这样的，现在为什么要这样呢？他因此而感到郁闷和难过。他的头痛一点儿也没有减轻，双腿依旧又酸又痛，再加上饭桌上的鱼好像没有味道，所以他老想喝水……

吃过午饭，有两位阔绰的地主太太坐着马车前来，她们沉着脸一言不发地坐了一个半小时。后来，沉默寡言、有些耳聋的修士大司祭也来了，他是来接洽公务的。晚祷的钟声响过之后，太阳落进了树林后面，夜幕降临。主教走出教堂，回到家里匆匆地祷告一下，然后就躺到床上，还在身上盖了暖和的被子。

他一想起午饭时吃的鱼就感到厌恶。他的心情被月光搅得怎么也安定不下来。隔壁房间里，也或许是客厅里，传来了谈话声。西索伊牧师说："现在，日本人正在打仗。老太太，日本人和黑山人①是同一种族的，它们都被土耳其压制过。"

后来，玛莉亚·季洛菲叶娜说："您知道，我们祷告完之后又喝够了茶，然后就坐着马车去了洛乌贺德洛耶村，去拜访叶果尔牧师……"她在说话的时候，反复提到"喝够了茶"或"我们喝够了"，就像她这一辈子只会喝茶似的。主教慵懒地想起了他在宗教学校和宗教学院的日子。他在宗教学校做了三年教师，教的是希腊语。那时候，他近视得厉害，只有戴上眼镜才能看书。后来，他以修士

---

① 南斯拉夫民族。主要分布在黑山和塞尔维亚。

身份被任命为学监,然后进行了论文答辩。他三十二岁时,就开始主管宗教学校,并升任为修士大司祭。当时,他好像有挥洒不完的快乐似的,他的生活是多么轻松啊。可是,接着他就生病了,人瘦削了,眼睛也差点儿失明。医师嘱咐他要好好养病,于是他就放弃一切去了国外。

"后来呢?"隔壁房间里传来希沙依牧师的问话声。

"喝茶呀……"玛莉亚·季洛菲叶芙娜回答说。

"牧师,您长的是绿胡子呀!"卡佳忽然惊奇地说,然后笑出声来。

主教想了想希沙依牧师的外貌,知道他虽然头发是白的,但是胡子确实带一点儿绿色,就忍不住笑了笑。

"天哪,这小姑娘可真能缠人!"希沙依牧师生气地大声说,"都给惯坏了!坐好了!"

主教想起了一座白色的教堂,这座教堂是国外的一座全新的教堂,他曾经在里面做过礼拜。接着,他又想起了温暖的海水,还记得它发出的"哗哗"声。他有一套又高又亮的住宅,住宅里有五个房间,作为书房的那个房间里有一张新写字台和许多藏书。他看过很多书,也会写一些文字。他还想起了他深切思念着的家乡。在他的窗户外面,天天都有一个瞎眼的女乞丐一边弹吉他一边唱情歌。他每次听到这种歌都会想起往事,不知道为什么。八年之后,他被召回俄国,成了一名助理教务主教,一切往事随即都变得像梦一样朦胧、遥远……

希沙依举着蜡烛走进主教的卧室,惊讶地说:"哎呀,主教,您已经睡下了?"

"有什么事吗?"

"现在才十点来钟,还早着呢。我今天买蜡烛了,现在可以用蜡烛油给您擦身子了,您看呢?"

"我发烧了……"主教一边说一边坐了起来,"脑袋很难受,确实应该想办法治一治了……"

希沙依脱去主教的衬衣,用蜡烛油在主教的胸脯和后背上擦了起来,说:"这样就好了……这样就好了……请我主耶稣基督保佑……这样就好了。今天,我去城里看望——他叫什么呀?——对,是大司祭谢东斯基……他请我喝了茶……我不喜欢他……请我主耶稣基督保佑……这样就好了……我不喜欢他,就是不喜欢!"

三

教区主教是个胖胖的老人,他患有风湿病和痛风病,最近这一个月都在卧床养病。主教彼得差不多每天都去他家拜访,一来是去探视他,二来可以代替他接见那些请求帮助的人。现在,彼得主教自己也生病了,他想起那些人们再三请求甚至哭着央求他办的事情,才惊奇地发觉它们是那么琐碎而又没有意义。那些人的笨拙和胆怯,也同样令他非常生气。当这些琐碎而又没有意义的请求太多时,他有一种被压得透不过气来的感觉。直到现在,他才体会到教区主教的心情。教区主教年轻时,曾经写过《意志自由论》。可是现在,他好像完全被那些琐碎的事务给包围了,甚至连上帝都不记得了。彼得主教在国外待了很多年,所以不太适应俄国的生活,甚至觉得在俄国的生活并不轻松。在他看来,老百姓是粗俗的,请求帮助的妇女既愚蠢又没有趣味，宗教学校的学生缺乏教养甚至很野蛮，宗教学校的教师和学生一个样。收发的公文虽然总共有几万多件，可是重要的公文却很少。其中的内容，大多是与教区的监督司祭有关的公文。监督司祭把所有的牧师及其妻儿的品行都打了分，有的打了五分，有的打了四分，也有少数打三分的。他们认为，他们有义务做这些事，并且把这些事看得很严肃，所以就批阅或草拟了这些公文。彼得主教忙得几乎连一分钟的空闲时间都没有，而且整天心惊胆战的，只有进入教堂之后才能安心。

虽然他性情温和而又谦虚，可是人们却非常敬畏他，这叫他很不习惯。他在看全省所有的人时，他们都好像变得矮小了，脸上还带着惊恐的神色，甚至会觉得自己有罪。人们都害怕他，就连年老的大司祭也一样。大家看到他，都会"扑通"一声跪在他面前。前不久，一位乡村教士的老妻前来请求帮助，她一看见他，就吓得一声不吭地走了，这一趟算是白来了。他平日里布道时，既不会说人坏话，也不会责备人，而是对人们充满了怜惜之情。可是，一到接见那些请求帮助的人，他就变得脾气暴躁起来，甚至火冒三丈地把他们的呈文丢到地上。他在这里任职期间，从来没有人诚恳、爽快、亲切地跟他交谈过，连他的老母亲也不能例外。跟以前相比，他的老母亲也变了很多，就像变成了另外一个人似的！她可以无休止地跟希沙依交谈，而且在交谈期间还不住地发笑。可是，她在跟她儿子说话时，却变得非常严肃，话也不多，还显得非常拘束，这些表现完全不符合她的性格。在他面前可以做到随便行动、说话没有顾虑的人，只有希沙依牧师一个人。这个人一辈子都跟主教在一起，他先后在十一个主教手下当过差，已经习惯了这种生活。彼得主教虽然是个沉闷而又没有趣味的人，可是他在跟希沙依牧师相处时倒也很随和。

星期二，主教做完弥撒之后就去了教区主教家。在接见那些请求帮助的人时，他又变得激动、气愤起来，然后就坐车回家了。他觉得身体还有些不舒服，就打算去床上躺一会儿。可是，他刚刚回到家里，就有人通报说年轻的商人叶勒吉有很重要的事求见。叶勒吉已经来了一个小时，他说起话来就像在嚷嚷似的，声音大得连他说的话都听不清楚了。

"请上帝保佑一定要这样，务必得这样才行！"叶勒吉临走时说，"主教大人，我知道这个也要看情况，但是我很希望是这样！"

叶勒吉离开之后，一位女修道院长从远方赶了过来。等她一走，晚祷的钟声就响了，这就意味着主教得到教堂里去了。

每到傍晚，修士们就会热情满怀地唱起来，而且唱得很协调。主持晚祷的人，是一个留着一把黑胡子的年轻修士司祭。当他们唱到半夜里来的新郎、华丽的殿堂时，主教并不觉得悲伤，也没有对罪恶的忏悔，只觉得内心一片宁静，就像是在休息一样舒适。他的思绪飘回了遥远的过去，把他带到了童年和少年时代。那时候，人们也是这么唱新郎和殿堂的。现在看来，过去那种唱法是那么生动、美妙而又欢快。它是否真是这样的呢？或许有可能吧。当我们到了另外一个世界时，或许我们会带着这样的情感去回忆遥远的俗世生活吧。未来的事谁说得准呢！主教坐到祭坛旁边，在黑暗中流下了眼泪。他想，他已经得到了与他的地位相称的一切事物，而且有信仰，可是他并非对一切都很清楚，总觉得他的生活中还缺少某些东西，所以他现在还不想死。他所缺少的东西，好像是他过去就朦胧地想要得到的，它对他来说非常重要。现在，他就像小时候、在宗教学院以及在国外时一样，因为对未来还有希望而激动不已。

"他们今天唱得真好！真好啊！"他留心听着歌声时心想。

四

星期四，主教在大教堂里主持弥撒、行濯足礼。等到人们都回家时，外面阳光和煦，水沟里的水声潺潺，田野里不时传来云雀那温柔的歌声，好像云雀在呼唤着安宁似的。苏醒的树木露出亲切的微笑。树木上方是广阔无边的蔚蓝色天空。

彼得主教坐车回到了家。他先喝够茶、换好衣服，然后才躺在床上，并叫侍者关上了百叶窗。百叶窗关上之后，卧室里顿时就变暗了。不过，他虽然疲倦至极，可是由于两腿和背都阴冷地痛，再加上耳朵里嗡嗡作响，所以他根本睡不着。这时，他觉得自己好像已经有很久很久都没有睡着过了。即便他闭上眼睛，一些琐事也会钻进他的脑子里，让他根本睡不着。就像昨天一样，隔壁房间里传来了说话声，还有玻璃杯和茶匙发出的声音。玛莉亚·季洛菲叶芙娜正高兴地跟希沙依牧师说一件事，偶尔还会插入几句俏皮话。至于希沙依牧师，则用阴郁的声调不满地回答："去它的吧！怎么可以这样呢？！"

主教听着听着，又开始烦恼了，然后就是难过。他想，他的老母亲跟外人在一起时，显得既随便又自在，可是他身为她的儿子，却令她胆怯得很少开口，即便她开口了，说出来的也不是真心话。他甚至觉得，这些天以来，一旦他们母子共处一室，她就会找个借口站起来，而不愿意坐着。也许是因为她觉得坐着别扭吧。如果是他的父亲来了，又会是什么情况呢？见了他这个儿子说不定连一句话都不敢说……

隔壁房间里传来什么东西碎在地板上的声音，可能是卡佳把茶杯或茶碟碰到了地板上，因为随后希沙依牧师就吐了一口唾沫，然后生气地说："跟这个姑娘待在一块儿简直就是受罪！就算有再多的东西，也禁不起她这样摔呀！上帝啊，请饶恕我这个罪人吧！"随后，隔壁就没有什么响动了，可是院子里却传来了一些响声。主教睁开眼睛，发现卡佳正站在他的房间里一动不动地看着他，她那用梳子向上梳着的棕红色头发看着就像一个光环。

"卡佳，是不是你呀？"主教问，"楼底下是谁？他为什么不停地开门关门？"

"我没有听见呀。"卡佳一边回答一边仔细地听着楼下的动静。

"现在已经有个人过去了。"

"那是您的肚子发出来的响声，舅舅！"

他一边笑一边抚摸着她的脑袋，然后是一阵沉默，接着问她："你是不是说过你表哥尼古拉沙会割开死人的肚子？"

"是啊。他还在学习呢。"

"他是个好心人吗？"

"算是吧。不过，他喝酒喝得厉害。"

"你爸爸生的是什么病？"

"爸爸身体虚弱，所以越来越瘦。后来，他的嗓子突然就变坏了。刚巧我和我弟弟费奇也生病了，我们的嗓子都坏了。最后，爸爸死了，我们倒没事，舅舅。"她说到这里，下巴就抽动起来，泪水顺着她的脸蛋儿流了下来。

"主教,"她一边尖声说话一边伤心地哭了起来,"好舅舅,我们和妈妈一起过,日子过得好苦……请您发发慈悲,给我们一点儿钱吧……我的亲舅舅……"

主教听完卡佳的话,也忍不住流下了眼泪,激动得好久都说不出话来。后来,他抚摸着她的脑袋,又拍了拍她的肩膀,然后说:"好,好,我的好姑娘!光荣的复活节就快到了,到时候我们就商量一下怎么帮助你们……我会帮助你们的。"

他的老母亲带着怯生生的表情,悄无声息地走了进来,对着圣像做了一会儿祷告。之后,她发现他还没睡着,就问他:"您要喝点儿汤吗?"

"不喝了,谢谢……我不想喝。"他回答。

"我看您好像生病了……说实在的,像您这样忙活,哪有不生病的!您一天到晚都在忙,一天到晚忙个不停,上帝啊,我一看到您就心疼。嗯,复活节就快到了,到那时我们再谈。您现在先睡一会儿吧,我就不跟您说话了,以免打扰您。卡佳,咱们走,让主教睡一会儿。"

他想起了从前的时光。那是在很久很久以前,当时他还是一个孩子,她也是用这种半开玩笑半恭敬的口吻跟他说话,还称呼他为监督司祭……现在呢,她一边走出他的房间,一边匆匆地看了他一眼,目光里透着胆怯和忧虑,还有异常善良的光芒。他只有借着她那对异常善良的眼睛,才能猜出她是他的母亲。他闭上眼睛,却依然睡不着。他听见时钟响了两次,还听见隔壁的希沙依牧师在咳嗽。他的老母亲又走进了他的房间,胆怯地瞧了他一会儿,然后离开了。

不知道过了多久,一辆轿式马车或四轮马车从远处驶来,然后停在了门口。忽然,有人敲响了卧室的门,然后卧室的门就"砰"的一声被打开了,侍者走了进来:"主教大人!"

"怎么了?"

"马车已经准备妥当,您是时候去做纪念基督受难的礼拜了。"

"现在几点了?"

"七点一刻。"

主教穿好衣服就坐车去了大教堂。在诵读十二节福音时,他得一直站在教堂中央。他在诵读其中最长、最优美的福音,也就是头一节福音的时候,精神饱满、情绪激昂。头一节福音名叫《现在的人普遍尊崇人子》,也是他会背诵的一节,所以他在诵读这一节的过程中,偶尔会抬起眼睛看看烛光之海,听听蜡烛燃烧时发出的爆裂声。不过,他依旧像往年一样看不见人,只觉得周围的人以及此后再来这里的所有人,都跟他童年和少年时代在教堂里见到的那些人是一样的。这种情况会持续多久呢?也许只有上帝才知道。

彼得主教的父亲、祖父、曾祖父分别是助祭、牧师、助祭。也许从俄国开始接受基督教时起,彼得主教的家族就已经属于宗教了。所以,彼得主教生来就热爱宗教、礼拜和钟声,而且这种热爱如今已经在他心里扎了根,根本不可能消除。他一进入教堂,就会觉得浑身都是力气,整个人一副朝气蓬勃的样子,内心充满了幸福感。参加礼拜时更是如此。现在也一样。主教一直念完第八节福音才觉得自己的嗓音变弱了,而且头痛得像要裂开似的,接着连人们的咳嗽声都听不到了。他变得不安起来,担心自己会当场晕倒。接着,他的两腿就开始麻木,然后逐渐失去知觉。可是,他并没有晕倒,他不知道自己怎么会站得住，又是靠什么站住的……

礼拜直到十一点三刻才结束。主教坐车回到家立刻脱掉衣服，之后并没有像往常一样对上帝祷告一番，而是直接躺到了床上。他已经说不出话来，也站不住了。他盖好被子，接着就突然产生了一个强烈的愿望——去国外！他一刻都不能再等了。他宁愿牺牲生命，也不愿意再待在这里。他不想看到寒碜而又廉价的百叶窗，也不想看到低矮的天花板，只想从这浓重的修道院氛围中脱身。哪怕能找到一个人来谈谈心，向他好好倾诉一番也好！

隔壁房间里有一个人在走动。这个人走动了很长时间，可是彼得主教却怎么也想不起来他是谁。不知道过了多久，房门开了，希沙依牧师举着一根蜡烛、端着一只茶碗走了进来，他说："主教大人，您已经睡下了？我现在进来，是想用加了醋的白酒给您擦擦身子。要是能擦得透，对您的身体可是大有益处呢。请我主耶稣基督保佑……这样就可以了……这样就可以了……我刚刚去了一趟我们修道院……我不喜欢这里！我明天就走，离开这里，主教大人，我在这里再也待不下去了。请我主耶稣基督保佑……这样就可以了……"

希沙依每到一个地方，都不会住太久。他住在班格勒西耶夫斯基修道院里的这些日子，在他看来已经有整整一年了。人们透过他的话，根本无从得知他的家在哪儿，他是否有喜欢的人或物，他信不信上帝……至于他为什么当了修士，就连他自己也不清楚，他也从来没有想过这个问题。你再问他是什么时候成为修士的，他也说不清，好像他生来就是一名修士似的。

"我明天就离开这里。求上帝保佑他，保佑所有人！"

"我原本想找您谈谈的……可是一直都没有时间,"主教小声说,说得很费力,"您也知道,我对这里的人和事都不了解。"

"承蒙您的厚爱,我会等到星期日再离开,就这么说定了……总之,我再也不愿意待在这里了。去他们的!"

"我这个主教算什么呢?"主教小声地说,"我情愿做乡村教士或教堂执事……即便是普通的修士也行……这里的一切,全都压得我透不过气来……令我无法呼吸……"

"您说什么?请我主耶稣基督保佑……这样就好了……好的,主教大人,您好好睡吧……您瞧您都说了些什么呀!这怎么能行呢!祝您晚安!"

整整一夜,主教都没有睡着。大概在上午八点钟时,主教开始肠出血。修士见状,吓得赶紧跑到了修士大司祭那儿,然后又跑到了城里的修道院,去请医师伊凡·安德烈依齐。这位医师是一个留着长长的白胡子的胖老头儿,他为主教诊治了很久,之后又是摇头又是皱眉地说:"主教大人,您得的是伤寒!"

不到一个小时,主教就因为不停地流血而变得又瘦又苍白,脸上起了皱纹,眼睛变大,整个人都显得苍老、矮小了。他自己也意识到,他现在变得比任何人都瘦弱而又无足轻重,至于以往发生的所有事情,则与现在相距很远,而且再也不会重现了。想到这里,他在心里说:"这样真好!这样真好啊!"

他的老母亲来了。她在看见他那起了皱纹的脸和变大的眼睛时,吓得大吃一惊,然后就跪在床前开始亲吻他的面颊、肩膀和双手。她也觉得他比其他人都瘦弱而又无足轻重,至于其中的原因,连她自己也说不清楚。在她看来,她现在亲吻的人并不是主教,只是她的一个非常贴心的至亲。

"巴夫鲁沙，我心爱的亲人！"她开口说，"我的儿子啊……我的巴夫鲁沙……你怎么变成这个样子了？你回答我呀！"

卡佳脸色苍白、神情严肃地站在一边，她不知道舅舅怎么了，也不知道外婆为什么那么痛苦，只觉得外婆说出来的话既哀伤又感人。

至于主教，已经说不出一句话，也什么都不知道了，他只觉得自己好像变成了一个普通人，正置身于田野之中，高高兴兴地用拐杖敲着地面，同时快步向前走。他的头顶是广阔、晴朗的天空，而他则像小鸟一样自由，可以想去哪儿就去哪儿！

"儿子，巴夫鲁沙！你回答我呀！"主教的老母亲说，"你这是怎么了？我的儿子呀！"

"主教大人需要休息，不要再打搅他了，"希沙依一边生气地说，一边在房间里踱来踱去，"让他睡一会儿吧，不用多说什么了……也没有什么可说的了……"

三位医师坐车来会诊了一下，然后就离开了。白天漫长得出奇，夜晚也很漫长。星期六凌晨，主教去世。侍者走到睡在客厅沙发上的老妈妈面前，把她请到了主教的卧室。

第二天就是复活节。城里总共有四十二座教堂，另外还有六座修道院。这一天从早到晚，城市上空都回响着洪亮、清脆的钟声。春日的太阳和煦地照耀着万物，空中鸟雀齐鸣。大广场上，人声鼎沸，秋千摆来摆去，有些人在演奏手摇风琴，有些人让手风琴尖叫不止，还有些人在醉醺醺地说话。中午过后，人们就开始骑着快马在大街上闲游。总而言之，就像去年一样，到处都是一片欢腾的景象，一切都很顺利。到了明年，多半也会如此吧。

一个月之后，新的助理教务主教就到任了。至于彼得主教，已经渐渐被人淡忘了，后来就被人们完全遗忘了。他的老母亲去了一个偏僻的小县城，住在她那当助祭的女婿家里。只有当她傍晚出去找她的奶牛，在牧场上遇到别的女人，并且说到她的儿孙时，她才会胆怯地提到她曾经有一个当主教的儿子，同时还担心别人不相信这一点……

的确，并不是所有的人都相信这一点。

渴 睡

一个女仆白天辛劳干活,晚上还要照顾主人家的孩子,她极度渴望睡眠,最后竟然将孩子杀死。

夜晚。十三岁的小保姆娃尔卡一边摇动着有婴儿睡觉的摇床，一边用非常小的声音唱道：

巴吁，巴吁，巴吁思克！
小保姆要唱歌给你听！……

一盏绿灯点在基督像前。房间里有一根晒着一条大黑裤子和一些婴儿衣服的绳子。在灯上方的天花板上，有很大一块地方闪着绿色的光。摇床上、炉子上和娃尔卡的身上，全都被裤子和婴儿衣服投下来的阴影覆盖起来。绿色的阴影随着灯光的闪动不停地跳跃，仿佛是空气流动引起的那样。靴子和汤的味道弥漫在房间里。人待在这里，会产生一种窒息的感觉。

孩子一直在哭。他的声音由于哭得太久而变得微弱、沙哑。他这个样子已经很久了，但是他仍然继续哭着，没有人知道他要到什么时候才能被哄好。可是娃尔卡却困极了。她的脖子疼，她的脑袋耷拉下来，眼皮也垂了下来……她想睡觉。她觉得她的脸变得麻木了，脑袋也已经变得非常小，只有一个大头针的针头那样大。

"巴吁，巴吁，巴吁思克，"她小声说，"保姆正在为你做稀饭……"

有一只蟋蟀一直在炉子里叫唤。呼噜声从门后边另一间屋子里传过来。娃尔卡的主人和帮工阿塔纳休斯正在那里睡觉。娃尔卡小声说着话，摇床吱吱地哀叹着，这两种声音混合在一起，形成一种能够安慰人的催眠曲，使得躺在床上的人觉得非常好听。可是现在她想睡觉，但又无法睡觉，所以这催眠曲只能让人厌烦。假如娃尔卡真的睡觉——上帝不允许她这样做，她的男主人和女主人就会打她。

绿色的阴影和光圈随着灯光的闪动而移动，它们从娃尔卡呆滞的半睁半闭的双眼上掠过，将一些模糊的形象装进她半睡半醒的头脑里。她看到天空中有一些黑色的云朵，它们在天空中互相追逐，并像孩子那样哭泣。后来风起云散，娃尔卡又看到了一条大路，它被泥浆覆盖了起来。一长列马车在这条大路上一字排开，男人们沿着道路匍匐前行，他们背上背着小背包，阴影在前后两个方向同时移动。小山被寒冷的浓雾包裹起来。透过浓雾，在路的任何一侧都能够看到它。突然，那些男人和影子一起倒了下去，跌入路边的泥浆里。"怎么会这样？"娃尔卡问。"睡觉！睡觉！"答话声传来。他们睡得非常香甜。为了把他们叫醒，立在电线杆上的乌鸦像小孩那样叫唤。

"保姆要唱一首歌给你听，巴呀，巴呀，巴呀思克！"娃尔卡小声说道。现在她看到，自己正处在一个小房子里。那里既黑暗又不通风。

她那不能动的父亲叶斐姆·司捷潘多夫正躺在地上。她看不到他，但是能够听到他发出来的声音。她能够听到他的痛苦的叫声，从一边滚到另一边的声音。"他已经完蛋了。"——她自己这样说。他疼痛难忍，除了吸气和从嘴里发出咚咚声之外，根本说不出一句话来。

"咚，咚，咚，咚……"

母亲佩拉格亚跑着去了庄园。她要把叶斐姆病危的消息告诉给庄园主。她已经离开很久了……她是否还会回来？娃尔卡在炉台上躺了下来，听着她父亲发出的咚咚声。后来，庄园派来的人到了。一位临时来庄园做客的大夫驾着车来到小房子门口。医生走到小屋里，娃尔卡看不见他，但是能够听到门的响声和他的咳嗽声。

"把灯端过来。"他说。

"咚，咚，咚。"叶斐姆答道。

佩拉格亚向炉边跑去。她去那里找火柴。沉默持续了一分钟。突然，医生把手伸到自己的口袋里，将一根火柴点着。

"先生，立刻就好。"佩拉格亚叫着从小房子跑了出去。很快她就拿着一根蜡烛头回来了。

叶斐姆的两只眼睛放着亮光，面颊变成了红色。他的目光非常锋利，仿佛连小木屋的墙壁和医生都能够看穿。

"你感觉怎么样？"医生俯身问道，"你这种状态持续多久了？"

"阁下，怎么了？我要死了，我活不了了……"

"不会的，放心，我们很快就会将你治好。"

"阁下，我知道你会的。非常感谢你。只是我们都明白，当死亡到来时，我们就要去死。"

医生和叶斐姆待了半个小时。后来，他站了起来，说："我已经无能为力，必须立即去医院。到那儿之后，他们会给你做手术。时间宝贵，必须马上去。现在是晚上，医院里的人正在睡觉，不过没关系，有我呢！我给你写一个便条……你听见没有？"

"先生，他不能去医院。"佩拉格亚说，"我们连马都没有。"

"不用担心，我去和乡绅说。你可以从他那里借到一匹马。"

医生离开了。灯灭了。"咚，咚，咚"的声音再次响起。有人赶着马车在半个小时之后来到小房子前，马车是拉叶斐姆去医院的。叶斐姆已经做好了准备，他离开了……

现在，人们迎来了一个晴朗明媚的早晨。佩拉格亚去了医院。她去探望叶斐姆。一个孩子在哭泣。娃尔卡听到有人在唱歌，那声音与她的声音完全相同："保姆要给你唱一首歌听，巴吁，巴吁，巴吁思克！"

佩拉格亚回来了。她在身上画了一个十字，小声说道："他昨天晚上好了一些。快到黎明时，上帝带走了他的灵魂。他死了！他们说，我们应该早些把他送过去，我们送得太晚了。"

娃尔卡跑到树林里痛哭起来。突然，她的后背被人狠狠地打了一巴掌。她的额头与一棵桦木撞到了一起。她抬头看到了鞋匠——他的主人站在她的面前。

"你这个贱人，在这里干什么？"他问，"你在睡觉，可是孩子却在哭泣。"

又一巴掌打在她的脸上。她把头摇了几下，开始摇晃起摇床，小声地唱起摇篮曲。她的头脑很快又被颤抖的裤子、婴儿的衣服和绿色的光圈占据了。布满泥浆的大路又出现在她面前。背着小背包的男人，以及他们的影子，再次倒了下去，他们睡得很香。当这一切再次出现的时候，娃尔卡特别希望睡觉。要不是妈妈佩拉格亚向她走过来，催促她，她非常愿意倒下去。她们要到城里去，到那里去寻找机会。

"看在上帝的分儿上，给我一个戈比吧！"只要遇到人，她母亲就会说，"好心的先生们，把上帝的怜悯赐予我吧！"

"把孩子交给我，把孩子交给我。"一个非常熟悉的声音重复道。这个声音非常严厉，很显然说话的人生气了。"畜生，你竟然睡着了！"

娃尔卡跳了起来。她向四周看去，既没有看到大路，也没有看到佩拉格亚，她想起来自己在哪里了。只有来喂孩子的女主人站在房屋中间。这个长着一副宽肩膀的胖女人开始喂孩子，哄孩子。在这个过程中，娃尔卡一直站在那里，注视着女主人，等着她喂完孩子。

白色天花板上的绿色光圈逐渐变成白色，窗外的空气越来越蓝，影子越来越淡，黎明即将到来。

"接着，"女主人一边将她睡衣的纽扣系起来，一边说，"他在哭，你那凶恶的眼神令他感到害怕。"

娃尔卡把孩子接过来，放到摇床上。之后，她又开始摇起来。绿色的光圈和影子逐渐消失了。让她的脑子活动起来的东西已经不复存在。但是，她像过去那样渴望睡觉。为了把睡意赶走，娃尔卡把脑袋放在摇篮边上，用她的身体将摇床摇动起来。可是，她感到脑袋沉沉的，她的眼皮再次耷拉下来。

"把火炉子点着，娃尔卡！"她的女主人在门外说道。

这就意味着，该起床了，一天的工作拉开了序幕。娃尔卡向棚子跑去，她要去那里取木头。她心情好起来。走路或者跑的时候，渴望睡觉的感觉便不再那样强烈了。她把木头拿到屋子里，将炉子点着。她觉得，她麻木的脸正在慢慢恢复生气，她的头脑也逐渐清醒了。

"把茶炉子准备好，娃尔卡。"女主人命令道。

正在砍木头的娃尔卡又接到了另外一道命令。这时她还没有把木头点着放进炉子里。

"把主人的套鞋清理一下，娃尔卡！"

娃尔卡开始清理套鞋。她想，套鞋又深又大，如果能够把脑袋伸进去，好好地睡上一觉，那将多么幸福啊！突然，套鞋膨胀起来，整个房间都被它占据了。她的刷子掉到了地上。她立刻把脑袋摇一摇，把眼睛睁大去看东西。她觉得它们根本就没有动，更没有变大。

"把外面的台阶洗一下，娃尔卡，顾客看到这样会不高兴的。"

娃尔卡开始按照女主人的吩咐清理台阶，之后又打扫房间，然后又把另外一个火炉子点着，跑到店铺里去。还有很多活儿在等着她，她一刻也闲不住。

但是，站在厨房桌子边上削土豆比其他所有的活儿都让她难以忍受。娃尔卡的脑袋跌到桌子上，她手里的刀掉到她的裙撑附近，土豆皮在她眼里闪闪发光。肥胖的女主人生气了，她把袖子挽起来，用非常大的声音责骂娃尔卡。另外，娃尔卡也非常讨厌缝补衣服，刷锅洗碗，在桌子旁边侍候。尽管各种各样的事情围在她身边，但是她仍然希望能够在地板上睡一会儿，哪怕只是一小会儿。

那一天结束了。窗户越来越暗。娃尔卡看着窗户，按了一下她变得坚硬的太阳穴，莫名其妙地笑了起来。她下垂的眼皮被黑暗抚摸着。这表示她将迎来幸福时刻，她将能够好好睡一觉。但是黄昏时，来访者让鞋匠的房间变得拥挤不堪。

"把茶炉准备好，娃尔卡。"女主人命令道。

茶炉很小。当客人们要喝茶时，她要把水灌到里面，并烧开五次。客人们喝完茶后，为了等候命令，侍候客人们，娃尔卡还要在那里站上一个小时。

"快去，买三瓶啤酒来，娃尔卡。"

娃尔卡跳了起来。为了赶走睡意，她拼命地跑了起来。

"赶紧去买伏特加，娃尔卡！开瓶塞用的螺丝起子放到哪里去了，娃尔卡？去，把糟白鱼洗干净，娃尔卡！"

客人们终于离开了,火熄灭了。男主人和女主人离开那个房间,睡觉去了。

"摇动摇床,娃尔卡!"女主人向她下达了最后一道命令。

蟋蟀的叫声从炉子里传出来。娃尔卡的惺忪睡眼再次看到了裤子、婴儿衣服的影子和绿色的光圈。它们在向她眨眼,把她搞得神志不清。

"保姆要唱一首歌给你听,巴吁,巴吁,巴吁思克!"她小声说。

可是,孩子又哭了,哭了一会儿之后哭累了。背着小背包的男人们,布满泥浆的大路,父亲叶斐姆和母亲佩拉格亚再次出现在她的面前。她想起来了,这些人她全都认识。但是在迷迷糊糊的状态之中,她不知道把她的手脚束缚起来、把她打倒在地、把她的生命毁掉的是一种什么力量。为了摆脱它,她向四周寻找起来,可是她并没有找到。最后,她被折磨得疲惫不堪,她用最大的力量把眼睛睁大。在她的头顶上,绿色光圈在不断地向她眨眼。她抬头看了看。当婴儿的哭声传到她耳朵里的时候,她终于找到了那个敌人,那个正在向她的心猛烈撞击的敌人。

那个婴儿就是她的敌人。

娃尔卡大声地笑起来。她觉得这件事非常简单,可自己过去一直没有搞清楚,这实在让她觉得有些不可思议。她觉得,蟋蟀、影子以及绿色的光圈都在为她找到答案而高兴,它们都在向她微笑。

她的头脑被一个想法占据了。她站了起来。她微笑着在屋子里来回走动,她的眼睛睁得很圆,嘴张得很大。她想到她很快就要解脱了,很快就要从束缚她手脚的那个孩子的魔爪中逃出来了。她的心头泛起一种既感动又开心的感觉。把那个孩子杀死,然后就去睡觉,睡觉，睡觉……

于是，她眨着眼微笑着，对那个绿色的光圈做出威胁的手势。她小心翼翼地走到摇床前，向着那个孩子俯下身去。那个孩子被她闷死了。做完这件事后，她摔倒在地上，想到自己终于能够大睡一场，便开心地笑了起来。很快她就睡着了，睡得像那个被她杀死的孩子那样香甜。

附录　契诃夫大事年表

1860年1月29日，出生于俄国罗斯托夫州亚速海边的塔甘罗格。

1876年，父亲杂货店破产，全家移居莫斯科。

1879年，进入莫斯科大学学医。

1880年，发表首部作品《一封给有学问的友邻的信》。

1883年，创作《胖子和瘦子》《小公务员之死》《在钉子上》《胜利者的胜利》《英国女子》。

1884年，毕业后从医，同时进行文学创作；出版小说集《梅尔波梅尼的故事》。

1885年，创作《普里希别叶夫中士》。

1886年，开始为《新时报》撰稿；出版小说集《五颜六色的故事》。

1887年，创作《伊凡诺夫》；出版小说集《在昏暗中》《天真的话》。

1888年，创作《渴睡》《草原》《命名日》；出版小说集《短篇小说集》。

1889年，创作《公爵夫人》《没意思的故事》。

1890年，考察流放政治犯的库页岛。

1892年，创作《第六病室》。定居莫斯科省谢尔普霍夫县梅里霍沃庄园。

1893年,与《新时报》断绝关系;创作《库页岛》。

1894年,创作《女人的王国》。

1895年,创作《三国》。

1896年,创作《带阁楼的房子》《海鸥》《万尼亚舅舅》《我的一生》。

1897年,创作《农民》。

1898年,迁居雅尔塔;创作《套中人》《醋栗》《姚内奇》《出诊》。

1899年,创作《带小狗的女人》。

1900年,创作《在峡谷里》。

1901年,创作《三姊妹》。同演员奥尔迦·克尼碧尔结婚。

1903年,创作《新娘》《樱桃园》。

1904年7月15日因肺病恶化而逝世。